Annette Pehnt
Haus der Schildkröt‹

MW00574044

Zu diesem Buch

Die meisten kommen am Wochenende, gut frisierte Töchter und Söhne, Schwiegertöchter und Enkel mit geputzten Schuhen. Schuld, Scham, Fürsorge und Peinlichkeit treiben sie ins Altersheim »Haus Ulmen«, in das Leben zwischen Kirschkuchen und Hohem C. In Haus Ulmen herrschen eigene Spielregeln, vergeht die Zeit anders als in der Welt draußen. Hier, wo das Leben zerfasert, herrscht das endgültige Jetzt. Das spürt auch Ernst, der seinen Vater besucht, den Professor. Immer dienstags kommt Ernst ins Haus Ulmen, genau wie Regina. Überrascht, leidenschaftlich klammern die beiden sich aneinander. Annette Pehnts bewegender Roman ist die Geschichte einer eigenwilligen Liebe, und er erzählt sehr eindringlich von der Verzweiflung und der Unsicherheit angesichts des Todes.

Annette Pehnt, geboren 1967, studierte und arbeitete in Irland, Schottland und den USA. Heute lebt sie als Kritikerin und freie Autorin mit ihrem Mann und drei Kindern in Freiburg. Neben Kurzgeschichten veröffentlichte sie 2001 ihren ersten Roman »Ich muß los«, für den sie unter anderem mit dem  Mara-Cassens-Preis ausgezeichnet wurde. 2002 erhielt sie für einen Ausschnitt aus ihrem zweiten Roman »Insel 34« den Preis der Jury in Klagenfurt und 2008 den Thaddäus-Troll-Preis sowie die Poetikdozentur der Fachhochschule Wiesbaden. Zuletzt erschien von ihr der Roman »Mobbing«.

Annette Pehnt

Haus der Schildkröten

Roman

Piper München Zürich

Von Annette Pehnt liegen bei Piper im Taschenbuch vor:
Ich muß los
Insel 34
Herr Jakobi und die Dinge des Lebens
Haus der Schildkröten
Mobbing

Ungekürzte Taschenbuchausgabe
1. Auflage Februar 2008
2. Auflage Januar 2009
© 2006 Piper Verlag GmbH, München
Umschlag: Büro Hamburg, Heike Dehning, Stefanie Levers
Bildredaktion: Alke Bücking, Charlotte Wippermann, Daniel Barthmann
Umschlagfoto: Christine Schneider / Zefa / Corbis
Autorenfoto: Arne Schultz
Satz: Satz für Satz. Barbara Reischmann, Leutkirch
Papier: Munken Print von Arctic Paper Munkedals AB, Schweden
Druck und Bindung: CPI – Clausen & Bosse, Leck
Printed in Germany   ISBN 978-3-492-25104-4

www.piper.de

»Unser zukünftiges Nicht-mehr-da-Sein
sitzt und geht und steht neben uns...«

Wilhelm Genazino,
Die Belebung der toten Winkel

TEIL EINS

Dienstags um kurz vor halb fünf warten Professor Sander und Frau von Kanter neben der Drehtür von Haus Ulmen, ein kleines hilfloses Empfangskommitee. Sie starren auf das Kreuz an der Wand und auf die großen Vasen, über deren Ränder sich die langsam welkenden Zweige des Sommerflieders biegen, in der Hitze hält er keine Woche.

Niemand in Haus Ulmen bekommt dienstags Besuch. Nur Frau von Kanter und der Professor hätten morgens mit der süßen Gewißheit aufwachen können, daß sich nachmittags die Türen im Foyer mit einem Schmatzen öffnen; die eigenen Kinder, frisches Blut, Regina von Kanter und Ernst Sander, mit Staub an den Schuhen und einer Straßenbahnkarte in der Tasche, mit dem Geruch des Spätsommers in den Mänteln.

Ich sollte wieder an die Arbeit, sagt der Professor zu Frau von Kanter, die immer die Augen geschlossen hält, bis sie die durchdringende Stimme ihrer Tochter hört, bitte entschuldigen Sie mich, doch gerade als er sich abwendet und zu seinem Buch zurückeilen will, hört er Ernst hinter sich, warte Papa, ich bin etwas zu spät, der Verkehr ist sagenhaft. Ernst schiebt seinen Arm unter den Ellbogen des Professors, und zusammen gehen sie durch die Halle, am Springbrunnen vorbei. Tritt ein, sagt der Professor höflich und sucht in seiner Hosentasche nach dem Schlüssel. Einfach aufdrücken, Papa, du weißt doch, sagt Ernst und hält dem Professor die Tür auf.

Ich habe dir alle Zeitungen mitgebracht, sagt er schnell, bevor der Professor ihn fragen kann, warum er gekommen ist, nur die Reisebeilage nicht, Lili hat darauf gekritzelt. Wer, fragt der Professor, und dann erinnert er sich an Lili, die ihn auch schon besucht und auf seinem Schoß gesessen hat, ein kleines Mädchen mit weichem Bauch und strähnigen Haaren. Lili, natürlich, sagt er, nachher muß er sich Aufzeichnungen machen, um beim nächsten Mal die richtigen Fragen zu stellen. Er versucht es auf gut Glück, was macht sie denn in der Schule, fragt er und sieht gleich in Ernsts Gesicht, daß er falsch gefragt hat, Ernst schaut auf seine Hände und den Packen mit Zeitungen und sagt nichts. Weißt du, ich brauche die Reisebeilage ja gar nicht, sagt der Professor schnell, um ihn zu erlösen, nach China fahre ich erst nächstes Jahr.

Sie lachen zusammen, und Ernst zählt einige Reisen auf, die sie gemacht haben, als sie noch eine Familie waren. Die Mücken in Schweden, und wie der Professor für den weinenden, rot-gestochenen Ernst ein Fliegennetz aus Mamas Seidenschal gemacht hat. Die verschlungenen Rittergeschichten, mit denen er ihn auf dem Flug nach Portugal die Angst vergessen ließ. In Frank-reich schrieb und zeichnete er nur für Ernst mit seinem feinen schwarzen Tuschestift, mit dem er sonst Reisenotizen in seinen Lederblock kritzelte, ein kleines Bilderbuch über den französischen Sonnenkönig, um Ernst in die Schlösser zu lok-ken. Ernsts Lieblingsbild zeigte König Ludwig auf einem verschnörkelten Nachttopf. An die Loire will ich mit Lili auch einmal, sagt Ernst, vielleicht könnten wir alle zusammen, und der Professor nickt höflich, obwohl er nicht verreisen möchte, er weiß zu wenig über Lili, und die Arbeit wartet auf ihn.

Weil er nie aufhört zu arbeiten, muß man ihm abends den Bleistift aus der Hand nehmen und ihn zum Essen bewegen. Er sträubt sich, ich brauche nichts, sehen Sie denn nicht, daß ich mitten in einem schwierigen Gedankengang stecke, man kann das nicht einfach abstellen, verstehen Sie. Das verstehen alle, aber dennoch muß der Profes-sor essen und vor allem trinken, sonst trocknen Sie aus, und dann können Sie auch nicht mehr

11

denken. Weil ihm das einleuchtet, stellt sich der Professor immer etwas Wasser auf den Schreibtisch, der das halbe Zimmer füllt, und vergißt es dort. Den Schreibtisch hat Ernst ihm in Haus Ulmen selbst wieder aufgebaut, das ist nicht das Ende, Papa, hat er immer wieder gesagt, du kannst hier arbeiten wie zu Hause, besser sogar.

Auch jetzt möchte er arbeiten, er sieht das Buch auf dem Schreibtisch und fühlt die Gedanken noch in Reichweite, gleich werden sie ihm verlorengehen, und wenn sein Sohn endlich aufbricht, wird es ihn viel Zeit kosten, sie wiederzufinden. Vielleicht solltest du dich auf den Weg machen, schlägt er vor, doch Ernst seufzt nur, aber Papa, ich bin doch gerade erst gekommen, willst du mich denn schon wieder loswerden. Wieder lachen sie ein wenig. Heute gab es Kirschkuchen, sagt der Professor, wie jeden Dienstag, antwortet Ernst und zeigt auf den Computer, was meinst du, Papa, soll ich dir den mal aufbauen. Ach weißt du, vielleicht beim nächsten Mal, sagt der Professor und fängt an zu erklären, woran er arbeitet, als plötzlich jemand heftig klopft und Ernst herauswinkt.

Der Professor hört Getuschel und Geraune, er mag es nicht, wenn geflüstert wird, und will gerade aufstehen, da kommt Ernst zurück und nimmt seine Hände, Papa, Gabriele hat mir von heute morgen erzählt, wir müssen über deine Medikation nachdenken. Der Professor erinnert sich an den Morgen, den schwierigen Satz, den man sich auf der Zunge zergehen lassen sollte. Das Buch lag aufgeschlagen auf seinen Knien, gerade noch hatte er über diesen Satz nachgedacht, doch mit einemmal drängte sich ein Grunzen auf seine Lippen, das sich zu einem Stöhnen und dann zu einem schrillen Jaulen ausweitete, und er konnte nicht mehr aufhören. Er saß steif an seinem Schreibtisch, die Füße fest auf dem Boden nebeneinander gestellt, eingefroren in seinen Schrei. Jemand klopfte an die Wand oder an die Tür, er hörte es und wollte die Lippen aufeinanderpressen, es war ja viel zu laut, aber die Lippen waren festgezurrt im Schrei, und das Buch rutschte von seinen Knien. Er griff nach der Tischkante, um sich festzuhalten, und fegte dabei die Papiere vom Tisch, seine Aufzeichnungen, an denen er arbeiten wird, bis er stirbt. Ernst hat ihm sogar diesen Computer gebracht, in einem schmalen neuen Lederetui, das jetzt am Nachttisch lehnt.

Der Professor konnte, während der Schrei ihm die Finger zusammenkrampfte, an seinen Sohn denken, du solltest die Dinge nicht dem Zufall überlassen, hatte Ernst gesagt und den Computer aus dem Etui geschält, deine Arbeit ist wichtig. Der Professor sah die Bitte im Gesicht seines Sohnes und beugte sich über die winzigen Tasten, wie geht das denn. Ich erkläre es dir, sagte Ernst, es ist nicht schwer, wirklich, und du kannst alles speichern. Sie schauten sich an, bis der Professer die Wehmut seines Sohnes nicht mehr ertragen konnte. Dank dir, sagte er, ich werde es versuchen. Dann wollte er Ernst einen Sherry anbieten, aber das Wort war verlorengegangen, möchtest du einen, fragte er, einen, einen Kaffee, fragte Ernst, um den Kampf des Professors nicht mitansehen zu müssen. Nein, rief der Professor, einen Wein oder wie heißt das, wie heißt das denn, dieses süße Zeug, dieses. Ich habe gar keinen Durst, sagte Ernst und schaute auf den Bildschirm.

Sherry, dachte der Professor und schrie weiter, bis ihm jemand von hinten die Hände auf die Schulter legte und ihn leicht schüttelte, weil das hilft, die Muskeln zu entspannen, schon gut, Professor, komm runter, du schreist ja die Bude zusammen, da sackte er in sich zusammen, keuchend, jemand gab ihm die richtige Pille, die blauen sind gut gegen Schreien, und er schnaufte, Sherry. Sherry. Nur um es nicht zu vergessen.

Wieso Medikation, sagt der Professor, wogegen denn. Du hattest einen Anfall, Papa, ruft Ernst, einen schlimmen Anfall, wirklich, Papa, das sollten wir ernst nehmen. Du hattest als Kind auch Anfälle, sagt der Professor, deine Mutter hat dich in eine Decke eingewickelt und ins Badezimmer getragen, wir haben die Hähne aufgedreht, bis alles voll war mit Wasserdampf, weißt du, das hat dir geholfen. Er streichelt über die Hand seines Sohnes, die auch schon Flecken hat, und dann reicht es mit dem Gestreichel, er steht auf und gießt zwei Zahnputzgläser voll mit Whiskey, vielleicht kannst du mir mal anständige Gläser besorgen. Die Zahnputzgläser sind schlecht gespült, voller Fingerabdrücke. Der Professor hebt sein Glas, auf, auf, er weiß nicht, worauf sie anstoßen sollen, gar nichts will ihm einfallen, und er überlegt eine Weile, das Glas in der hocherhobenen Hand. Als Ernst, der noch zusammengesunken im Sessel sitzt, den Blick hebt, fällt ihm endlich das Richtige ein. Auf Lili, sagt er und nimmt einen großen Schluck.

Frau von Kanter hält die Augen geschlossen, auch als sie das Schleifen der Drehtür und die Absätze ihrer Tochter auf dem blankgeputzten Boden hört, und dann knallt der Kuß auf ihrer Stirn, Mama, wie geht es dir, schau mal, was ich habe. Früher

15

haben sie sich nie geküßt. Mühsam zieht Frau von Kanter die Augenbrauen hoch und starrt direkt in die Augen ihrer Tochter.

Als man sie nach Haus Ulmen brachte, hat Regina ihr ein Vogelhaus geschenkt, das vor ihrem Fenster aufgebaut wurde. Da hast du was zu gukken, Mama. Du machst ein paar Sonnenblumenkerne rein, und schon hast du das reinste Theater. Hatten wir doch zu Hause früher auch, als ich noch klein war, oder. Nein, wollte Frau von Kanter sagen, aber es kam nur ein Blubbern, und Regina von Kanter fuhr dazwischen, das Futter hab ich auch gleich mitgebracht. Das Futter hilft Frau von Kanter wenig, weil sie ihre Hände kaum bewegen kann, aber man füllt den Napf jeden zweiten Tag bis zum Rand und setzt Frau von Kanter vor das Fenster, da brauchen Sie nicht lange zu warten, versichert man ihr, als ob Frau von Kanter es eilig hätte.

Also sitzt sie da und starrt auf die Vögel, die sie aber nicht hört, weil die Fenster gut isoliert sind, sie sieht nur, wie die Schnäbel sich öffnen und schließen und nach rechts und links hacken. Ekelhaft, diese Balgerei, denkt sie, aber Krieg ist besser als nichts, und wegschauen kann sie sowieso nicht, sie kann ihr starres Gesicht kaum verziehen, und wenn ihre Nase läuft, tropft es auf ihre Bluse, ekelhaft. Sie senkt den Blick und bewegt ihre Finger, die weiß sind wie gebleichtes Holz, langsam über die glänzende Stuhllehne. Sogar die Fingernägel sind weiß und zittern über dem satten Mahagoni.

Hier, sagt Regina und drückt ihr einen Blumenstrauß in die tauben Finger, Margeriten, und wie heißen die blauen noch mal, die hatten wir doch früher im Garten auch. Nein, will Frau von Kanter sagen, Rittersporn nie, das ist Schneckenfraß, und sie bewegt die Lippen. Regina wartet nicht auf das Gurgeln, sie hat schon weitergeredet, sie redet pausenlos, reißt ihr die Blumen wieder aus der Hand und wedelt damit herum, wo sind die Vasen, wir müssen Maik fragen.

Natürlich weiß sie, wo die Vasen sind, sie stehen wie immer auf dem Rollwagen neben dem Speisesaal, aber sie will Maik den schönen Sommerstrauß zeigen, nie gibt sie Ruhe, bis sie dem bockigen Jungen die Blumen unter die Nase gehalten hat, als ob sie etwas beweisen müßte. Margeriten und Rittersporn leuchten in sauberen Farben. Reginas Haut sieht gegen das klare Weiß und Tiefblau fahl aus, gelblich, beinahe verblichen, denkt Frau von Kanter, man könnte meinen, sie wird alt, sie wird mir ähnlich, und sie verzieht die Lippen langsam zu einem Lächeln.

Regina schiebt die schief lächelnde Frau von Kanter in ihr Zimmer, die Margeriten unter den Arm geklemmt, den Kopf dreht sie nach allen Seiten wie ein Falke. Sie hat sich Mühe gegeben, alle kennenzulernen, und nun muß sie grüßen, nach rechts und links, wie bei einem Staatsbesuch, hallo Frau Sörens, wunderbar wie das hier duftet, was haben Sie denn wieder gezaubert. Och, brummelt Frau Sörens verlegen und erfreut, nichts Besonderes, Kirsch mit Butterstreuseln, wissen Sie, aber Regina schiebt schon weiter, Maik, wir brauchen eine Vase, der Sommer ist da. Maik zuckt mit den Schultern und schlurft zum Speisesaal. Sogar die aus den oberen Etagen kennt sie. Wir müssen uns einleben, hat sie zu Frau von Kanter gesagt, als ob sie selbst hier bleiben müßte, als ob sie nicht hundertachtundsechzig Stunden die Woche in der Beethovenstraße wohnte, nein residierte, alles für sich, keine Störenfriede mehr, und für die Mutter das Vogelhaus und Hohes C.

Im Zimmer füllt sie den Orangensaft in Frau von Kanters Schnabeltasse und schraubt den Dekkel fest, sie hält ihn nur mit Daumen und Zeigefinger, als ekele sie sich. Hier Mama, das wird dir guttun. Frischgepreßt wäre noch besser, die Presse hast du ja zu Hause, denkt Frau von Kanter und spitzt die Lippen, ein feuchtes Pusten, das

Regina zusammenfahren läßt. Einige Sekunden lang hängt eine bange Stille über ihnen. Dann schüttelt Regina den Kopf, beinahe tadelnd, und plappert weiter, Gabriele hat dich heute schickgemacht, das habe ich gleich gesehen, vielleicht könnten wir ihr ein paar von deinen Kleidern vererben, oder, Mama? Du brauchst doch hier nicht soviel, ich meine, ich will ja nichts weggeben, ohne daß du davon weißt, aber das muß man ja auch mal praktisch sehen.

Sie verheddert sich und errötet sogar ein wenig an den Schläfen. Wieder hört sie auf zu reden. Frau von Kanter läßt ihren Blick auf dem bleichen Gesicht ruhen, verhuschte rötliche Flecken, die Augen hat sie sich bunter gemalt als sonst, und die Haut unter den Augenrändern zuckt. Sie ist müde, denkt Frau von Kanter, und auf einmal will sie ihrer Tochter durch das strähnige Haar fahren und ihr eine Hand in den harten Nacken legen. Sie schließt kurz die Augen und hebt die Fingerspitzen. Du hast Durst, ich weiß, sagt Regina, und bevor Frau von Kanter die Lider heben kann, preßt sie ihr die Schnabeltasse zwischen die Lippen.

Um sechs klopft Maik mit dem Abendbrot. Der Professor schüttelt Ernst die Hand, so fest er kann, damit Ernst die Kraft in seinen Fingern spürt und unbesorgt davongehen kann, in eine Wohnung, die der Professor nie gesehen hat.

Regina steht an der Garderobe, als Maik das Tablett hereinreicht, wollen Sie noch füttern, aber sie hat sich schon ein Wolljäckchen umgelegt und schaut ihn erschrocken an, ich muß mich wirklich auf den Weg machen, sie kann es doch auch selbst, oder. Noch ein heftiger Abschiedskuß, der Frau von Kanters Kopf nach hinten drückt, und weg ist sie. Frau von Kanter starrt auf das Magermilch-yoghurt und das kleingeschnittene Käsebrot. Im Zimmer breitet sich Stille aus. Dann hebt sie eine Hand und fängt langsam an, das Zellophanpapier vom Brot zu lösen.

Die meisten kommen ja am Wochenende, über dem Parkplatz von Haus Ulmen liegt dann eine Wolke von Abgasen, und durch die Drehtür fädeln sich Ströme gut frisierter Töchter und Söhne, Schwiegertöchter und Enkel mit geputzten Schuhen. Die Enkel haben ihre Kopfhörer und Handys im Auto gelassen, die Töchter und Söhne räuspern sich und ducken sich unmerklich, wenn sie ins Foyer treten. Die Blumensträuße duften heftig. In der Sitzecke gleich am Eingang starren die Immergleichen mit unbeweglichen Gesichtern und warten auf niemanden. Die Besucher werfen rasch noch einen Blick auf die Uhr, damit sie wissen, wann sie wieder gehen dürfen, zwei Stündchen sollten es schon sein, das gehört sich so. Wenn am Sonntag abend der letzte Wagen ausparkt, gehen in Haus Ulmen die Lichter an, und die Immergleichen wenden sich langsam von der Drehtür ab.

Am Montag erst kommt das Wochenende zur vollen Blüte, die Enkelin hatte besonders nette Haare, das Enkelchen lernt jetzt Geige, richtige Musikerfinger hat er, so lang und schmal, der Schwiegersohn hat eine neue Stelle angeboten bekommen, aber er muß sich das gut überlegen, schließlich fühlen sich die Kinder so wohl in der Schule, das setzt man nicht einfach aufs Spiel, die Tochter will bauen, aber sie hat keine Ahnung, worauf sie sich einläßt, diese Bauerei, das kann einem ja den letzten Nerv rauben, darüber ist schon so manche Ehe in die Brüche gegangen.

Dienstags vertrocknen die Geschichten, länger als einen Tag halten sie kaum in Haus Ulmen, und es kommt kein Nachschub, die jungen Leute müssen ihr eigenes Leben leben, man kann nichts verlangen. Nur der Professor und Frau von Kanter sind mit Besuch gesegnet, die junge Frau sieht nicht gut aus, murmeln die Immergleichen, die in der Eingangshalle noch am Fenster sitzen, sich Flusen von den Ärmeln zupfen und auf den Parkplatz und Frau von Kanters Tochter starren, die sich neben ihrem roten Golf eine Zigarette anzündet.

Regina sieht die blassen Gesichter hinter der Scheibe und atmet tief ein und aus, eine Mischung aus Nikotin und Abendluft, die ihr sofort in den Kopf steigt wie ein Rausch. Sie hört die Amseln, die Bremsen des Stadtbusses, einen Rasenmäher, und einen Augenblick lang will sie die Immergleichen nach draußen winken, das müßt ihr hören, will sie rufen, es riecht nach gesprengtem Rasen, nach Sommerflieder, nach Parkplatzstaub, wunderbar, will sie rufen, und wirklich hebt sie ihre Hand und nickt zum Fenster hin, gerade als sich der Sohn des Professors durch die Drehtür schiebt.

Sein Kopf ist noch zwischen die hochgezogenen Schultern geduckt, aber als der Abend ihn aufnimmt, bleibt er stehen, biegt die verkrampften Finger, streckt den Rücken durch und sieht die winkende Tochter. Langsam geht er auf sie zu.

Entschuldigung, ruft Regina, ich meinte Sie gar nicht, ich meine, ich wollte mich eigentlich nur verabschieden, und Ernst lacht, erleichtert, weil es wieder vorbei ist, er ist draußen, das schlechte Gewissen meldet sich erst später am Abend, er ist frei. Er sagt, ein wunderbarer Sommerabend. Das hat er noch nie gesagt, er verabscheut Floskeln, aber es ist wirklich wunderbar sommerlich, Haus Ulmen liegt still in der Dämmerung, und erst in einer Woche, einer kleinen Ewigkeit wird er wieder hier sein. Sie kommen auch immer dienstags, sagt Regina, es ist keine Frage, sie wissen es beide, denn die Besucher halten in den Gängen nacheinander Ausschau und nicken sich kaum merklich zu. Erdgeschoß, sagt der Sohn, und sie nicken und seufzen beide.

Regina bietet Ernst eine Zigarette an, und er nimmt eine, obwohl er nicht mehr raucht. Er fühlt sich wagemutig und ein wenig ungeschickt, als er den ersten Zug seit vier Jahren nimmt, der Rauch schlägt ihm in die Kehle und gleich ins Blut, und es schwindelt ihn. Mit einer Hand stützt er sich auf die Kühlerhaube des roten Golf, während sie über Haus Ulmen reden, über Frau Sörens' Kirschkuchen, die Renovierung des Speisesaals. Mit den Fußspitzen verreiben sie die Zigaretten im Kies. Kann ich Sie mitnehmen, fragt Regina.

Danke, sagt Ernst, ich gehe lieber ein paar Schritte zu Fuß, und sie nicken sich zu.

Ernst geht durch den Abend und schlenkert mit den Armen. Ein leichter Wind fährt ihm unter das Hemd und durch die Haare, die er sich kurz rasiert, um die kahlen Stellen nicht verstecken zu müssen. Er federt leicht in den Knien, er fühlt sich drahtig und gelenkig. Noch spürt er den festen Händedruck seines Vaters.

Regina stellt das Autoradio sehr laut und kurbelt das Fenster herunter. Sie fährt schnell durch die ruhigen Straßen und trommelt mit den Fingern auf das Lenkrad. Nicht auch noch füttern, denkt sie, dafür haben sie doch Leute, und an der roten Ampel denkt sie an die zwanzig Kleider ihrer Mutter im hinteren Schrank, das blaue Admiralskostüm mit den Goldtressen, das Schottische, das Elfenkleid mit der silbernen Knopfleiste, alles eingeschlagen in Plastik. Sie schließt kurz die Augen, und als sie wieder hochschaut, ist es grün.

Ernst und Regina verschwinden in der grünen Dämmerung, das Abendbrot wird abgeräumt, die Rolladen prasseln herab, und das Pfeifen der Amseln zerrinnt in den Fanfarenstößen der Tagesschau.

An den Dienstagabenden läßt Ernst die Rolladen oben, er braucht die Luft und das Gefühl, im Notfall durch das Fenster entkommen zu können. Die Mücken sammeln sich an der weißen Tapete hinter seiner Schreibtischlampe. Er schlägt ein paar Mal zu, aber die meisten erwischt er nicht, und das stört ihn kaum, sie stechen ihn nicht, weil er wie sein Vater zu dünnes Blut hat.

Das hat der Professor ihm oft gesagt, wenn sie früher am See spazierengingen oder auf der Waldterrasse Kaffee tranken. So lange her ist das doch gar nicht, ein, zwei Jahre vielleicht, sie gingen durch Wolken von Mücken, der Professor mit ruckartigen winzigen Schritten, Ernst absichtlich langsam, als ob es das größte Vergnügen sei, nicht vom Fleck zu kommen. Hinterher waren sie beide erschöpft, aber nicht zerstochen, und der Professor, der doch sonst den schwierigsten Gedanken nachhing, aber nichts über seinen oder irgendeinen anderen Körper wußte, sagte stolz, wir haben eben zu dünnes Blut, du hast das von mir geerbt, die mögen das nicht. Ernst dachte an die schwedischen Mücken, aber er widersprach nicht, weil es keinen Sinn hatte. Der Professor hatte Schweden vergessen. Er glaubte fest, daß manche Menschen dickes und manche dünnes Blut haben, und daß die mit dem dünnen Blut lange leben, so wie er auch glaubte, daß man auf den Friedhöfen die Namen der Toten laut von den Grabsteinen ablesen soll, um ihnen Frieden zu schenken, und daß die Strahlung von Mobiltelefonen auf die Dauer das Hirn aufweicht. In ihrem alten Haus mußte er sich, wenn das Telefon klingelte, mit ruckelnden Schritten von Zimmer zu Zimmer bewegen, keuchend, bis in die Diele, wo neben den Mänteln ein altmodisches Telefon schrillte. Das Keuchen versuchte er am Telefon mit einer tieferen Stimme zu verbergen. Ich schenke dir ein Telefon zum Herumtragen, hatte Ernst dem Professor angeboten, es erspart dir die Rennerei, ich will nicht, daß du stürzt. Bitte. Aber der Professor sah ihn nur gekränkt an, zu höflich, um das Geschenk abzuwehren, und zuckte mit den Schultern.

Ernst sitzt an seinem Schreibtisch zwischen Stapeln von Heften, die er korrigieren müßte, und schaut auf die wirbelnden Mücken, die sich wie schwebende Schriftzeichen vor dem Weiß der Tapete ständig verschieben. Er schmeckt den beißenden Nachgeschmack der Zigarette, der tief in seine Schleimhäute eingedrungen ist, er hat schon mit Zahnpasta gegurgelt und ein Hustenbonbon gelutscht, aber der Geschmack bleibt. Gut, daß Lili heute nicht da ist, sie riecht alles, sie kriecht früh morgens, oft auch nachts zu ihm ins Bett, riecht an seinen Achselhöhlen und an seinen Lippen und ruft, igitt, du stinkst nach Schlaf, Papa. Dann rollt er sich in seinem Gestank zusammen, er will nicht, daß sie sich vor ihm ekelt, geh doch in dein Bett, murmelt er mit halb geschlossenen Lippen, aber sie sagt, da ist es nicht so gemütlich wie in meinem richtigen Bett, ich habe ja auch nicht alle Tiere.

In ihrem richtigen Bett, das Ernst nur einmal kurz gesehen hat, als ihn seine Frau in die Wohnung lassen mußte, weil sie eine schwere Grippe hatte, sonst war die Übergabe im Treppenhaus, hatte Lili alle Stofftiere und Puppen zu einem Wall angehäuft, der sie nachts umschloß, nur in der Mitte hatte sie eine winzige Mulde für sich freigelassen. Muß das denn sein, fragte er einmal seine Frau, das spricht ja Bände, kann sie denn nicht ein oder zwei Kuscheltiere haben wie andere Kinder auch. Seine Frau zuckte mit den Schultern, versuch es doch, sie schläft dann nicht, und schon machte sie kehrt und verschwand in der Wohnung, mehr als zwei Sätze konnte man im Treppenhaus nicht wechseln, und das Licht ging auch immer aus.

Aber heute ist Dienstag, er hat eine Woche frei, nur zur Arbeit muß er, und über die Medikation muß er noch nachdenken, diese Anfälle, und richtige Whiskeygläser muß er besorgen, das wird den Professor freuen, wenn er sich nächste Woche noch erinnert, und auch wenn er sich nicht erinnert, freuen kann man sich auch ohne Gedächtnis, und für Lili ein paar Stofftiere, damit sie schlafen kann. Ernst steht auf und geht durch die Wohnung. Unter den Lampen drehen sich die Mücken.

Als Regina nach Hause kommt, trinkt sie ein Glas Mehrfruchtsaft und geht hinauf in die Garderobe. Sie öffnet die Türen des hinteren Schrankes und starrt auf die Kleider ihrer Mutter. Da hängen sie, das moosgrüne mit den Goldknöpfen, das anthrazitfarbene Enge, das vielleicht sogar Regina stehen würde, weiter hinten das orangefarbene mit dem verschlungenen gelben Wellenmuster, das kannst du nicht anziehen, hat sie ihre Mutter warnen müssen, aber Mutter fühlte sich großartig darin, gewagt mit den wilden Schnörkeln über den schlaffen Brüsten, einen Rommé-Abend lang, dann kam es in den Schrank, man darf so etwas nicht überstrapazieren. Das flüsterte ihr Heinzi von der Boutique ein, der sie alle zwei Wochen besuchte, sie tranken Sherry, und er breitete die neuen Modelle auf den Sofas aus, sie plauderten, und Heinzi, der dicklich war und immer Schwarz trug, umgarnte Mutter, die schönen Beine, die Figur, so ein Auftreten. Regina mied an den Heinzi-Tagen die Beethovenstraße, aber manchmal erwischte sie ihn doch, wie er neben Mutter saß und sich mit der Hand über die rasierte Halbglatze fuhr und schelmisch lachte, setz dich zu uns, rief Mutter, es gibt noch Tee, aber Regina warf Heinzi vom Flur aus einen verächtlichen Blick zu, den Mutter nicht sah. Heinzi wich dem Blick niemals aus, er sah ernst über Mutter hinweg in ihr müdes Gesicht und nickte ihr kaum merklich zu, als seien sie Komplizen. Wenn Mutter sie später mit Heinzi neckte, weil sie ausgelassen war und Heinzis Besuche sie erfrischten und ein teures neues Kostüm im hinteren Schrank leuchtete, na der wäre doch was für dich, ich habe doch gesehen, wie du nach ihm geschaut hast, Geschmack hat er jedenfalls, versuchte Regina zu schweigen, aber manchmal zischte sie auch, der ist doch sowieso schwul, oder, der ist doch nur auf dein Geld aus.

Regina zerrt das Anthrazitfarbene heraus, streift die Plastikhaut ab und tritt vor Mutters großen Spiegel. Mit einer Hand zupft sie an ihrem Haar, das sich müde auf dem Kragen knickt, mit der anderen hält sie sich das Kleid vor. Über dem Dunkelgrau steht ihr Gesicht wie ein alter Mond. Sofort dreht sich Regina weg, rollt das Kleid zu einer engen Wurst und legt es auf Mutters Kommode. Sie wird es zu den Altkleidern packen, und alle anderen Kleider dazu, sie wird den Schrank leer machen und alle Schubladen, sie wird alles in Säcke packen und vor das Haus stellen, bis jemand alles abholt.

Der Morgen sickert durch die Ritzen der Rollläden, bevor Gabriele kommt und sie mit einem Ruck nach oben reißt. Frau von Kanter schiebt das Kinn vorsichtig nach links und rechts, ein langsames Kopfschütteln.

Wie ein Schuß, sagt nebenan der Professor überrascht, als höre er das Geräusch zum ersten Mal. Wie wäre es mit guten Morgen, ruft Gabriele und ist schon im nächsten Zimmer, wo Frau Hint, längst wach, sich den Büstenhalter umschnallt, um die fremden Finger nicht auf der Haut zu spüren, aber sie ist zu langsam, und Gabriele greift ihr zwischen die Hände, laß mich mal, Frau Hintchen, du kugelst dir noch den Arm aus. Maik ist noch nicht da, sagt Frau Hint, es ist keine Frage, sie weiß, wann seine Schicht beginnt.

Nebenan liegt Herr Lukan still und schaut auf die Lampe, die sich über ihm zusammenzieht und wieder anschwillt.

In den Thermoskannen auf dem Metallwagen steht der erste Kaffee. Frau Sörens schöpft Marmelade in Porzellanschalen und spricht ein Gebet.

Die Sonne brennt einem glatt ein Loch ins Hirn, sagt Gabriele zu Frau Hint, die eigentlich auf Maik gehofft hat, der ihr nachmittags oft die Zeitung vorliest, nur ein paar Minütchen, die ihr die Welt öffnen, und das sagt sie ihm auch, Maik, sagt sie, uns steht die Welt offen. Wenn er allein bei ihr ist, darf sie so mit ihm sprechen, und er sagt, Frau Hint, die Welt liegt Ihnen zu Füßen, und lächelt nur in den Mundwinkeln, denn sie wissen ja beide, wo der Spaß aufhört. Die Sonne liegt über dem Park, gleich vor Frau Hints Zimmer ist eine Bank, frischgestrichen, da könnte sie sitzen, wenn jemand mitkäme, und ihr Gesicht in die Sonne halten.

Vielleicht hat Maik ja Zeit, wagt Frau Hint zu fragen, sie hat nichts zu verlieren. Maik, lacht Gabriele, dem muß einer mal ein bißchen Feuer unterm Hintern machen, der hat zuviel Zeit, wenn Sie mich fragen, und was es hier alles zu tun gibt, das geht auf keine Kuhhaut. Wollen Sie nochmal für kleine Mädchen? Frau Hint schüttelt beschämt den Kopf, obwohl ihre Blase voll mit Orangenlimonade und Kaffee vom Mittagessen ist, als sie zurück in ihr Zimmer ging, hat sie gemerkt, wie es schwappte, und bald wird noch mehr dazukommen, sie wird in der Cafeteria Kirschkuchen essen und wieder Kaffee trinken. Komm, Frau Hint, drängt Gabriele, einmal auf Vorrat, sonst muß ich gleich wieder rennen, oder es gibt ein Unglück. Frau Hint wendet sich ab, und Gabriele zuckt mit den Schultern, jedem Tierchen sein Pläsierchen. Wenn sie mit Gabriele geht, steht Gabriele gegen das Waschbecken gelehnt und schaut ihr zu, wie sie mit einer Hand die Seidenstrumpfhosen herunterrollt und sich mit der anderen am Griff festhält, sie geht erst vor die Tür, wenn Frau Hint sich mit einem klatschenden Geräusch auf die Klobrille fallen läßt, und ist gleich wieder drin, sobald sie das Rascheln des Klopapiers hört, laß mich mal machen, Frau Hint, dann gibt es keine Streifen in der Hose, und sie lacht. Gabriele mag Frau Hint, und mit denen, die sie mag, scherzt sie gern, oder sie erzählt von ihrem Mann, der Handwerker ist und den Karnevalszug organisiert. Frau Hint hat, als sie noch draußen war und in der Innenstadt wohnte, Angst vor dem Karneval gehabt, der genau vor ihrem Haus tobte, zerlumpte Gestalten mit wilden roten Perücken taumelten über die Straßenbahnschienen und kotzten gegen die Hauswand.

Könnten Sie Maik Bescheid sagen, fragt sie. Gabriele zwinkert ihr zu, unser Hahn im Korb, der hat es gut, aber mach dir keine Hoffnungen, Frau Hint, heute ist hier der Teufel los. Sie schlägt die Tür hinter sich zu, Frau Hint hat sie schon oft gebeten, etwas ruhiger das Zimmer zu verlassen, aber es hatte nur zur Folge, daß sie die Tür wieder aufriß, was ist los, und noch einmal alles zum Erzittern brachte. Nebenan schreit der Professor. Ein Irrenhaus, murmelt Frau Hint und tastet sich vom Sofa zur Sitzecke, von der nur noch ein Sessel übrig ist, für mehr war kein Platz, und starrt auf den heißen Spätsommer draußen, bis ihre Augen verschwimmen.

Auf der anderen Seite der Wand sitzt Herr Lukan. Gabriele hat seinen Rollstuhl zum Fenster geschoben, draußen ist es so sonnig heute, Herr Lukan, und hat die Seitenklappen der Kopfstütze festgestellt. Herr Lukan muß auf die gestutzten Sträucher starren, gelenkt von gepolsterten Scheuklappen. Die weiße Sonne brennt in seinen Augen, und am Rande seines Blickfeldes zucken die Vögel im Kampf um Frau von Kanters Körner.

Langsam schiebt Herr Lukan seine Lider über die wunden Augen. Ein Spalt bleibt offen, und das weiße Licht glüht in seinem Kopf.

Der Nachmittag hängt in den Zimmern und über dem heißen Park. In der Cafeteria wird der Kirschkuchen geschnitten.

Damit die Cafeteria wie ein Café aussieht, stellt Frau Sörens auf jeden Tisch eine frischgeschnittene Margerite, im Winter Tannengrün, und lehnt eine gedruckte Speisekarte gegen die Vase. Vorne ist eine dampfende Kaffeetasse aufgedruckt, innen steht: Kirschkuchen (dienstags und mittwochs), Käsekuchen (donnerstags und freitags). Am Wochenende gibt es Schwarzwälder, montags gar nichts. Wir brauchen ja auch mal eine Pause, erklärt Frau Sörens den Gästen, die auch montags um halb drei unaufhaltsam in die Cafeteria strömen und sich mit entschlossenen Mienen um die Tische scharen. Husch husch, ruft Gabriele und lacht, heute nix, ihr müßt euch woanders amüsieren.

Manche schlurfen zur Sitzecke oder zum Springbrunnen im überdachten Innenhof. Andere bleiben einfach sitzen und starren auf die Margeriten. Der Professor hat seine Aufzeichnungen mitgebracht und arbeitet mit frisch gespitztem Bleistift. Am Sonntag war meine Tochter da, sagt jemand zu ihm. Gleich fallen andere ein, mein Sohn wollte ja auch, mit den Kindern, aber die Kleine hat eine Ballettaufführung, das hat natürlich Vorrang, und die Anfahrt ist eben doch kein Katzensprung, also meine Schwiegertochter war vorgestern da, hier haben wir gesessen, an eben diesem Tisch, ganz blaß sah sie aus, sie steckt gerade mitten in ihren Prüfungen, du mußt essen, habe ich gesagt, weißt du Mama, hat sie gesagt, sie nennt mich Mama, obwohl ich ja nur die Schwiegermutter bin, aber unser Verhältnis ist eben sehr gut, weißt du Mama, hat sie gesagt, sie nennt mich Mama.

Aber heute ist Dienstag, die Streusel sind gut gelungen, ein Butterduft überdeckt den süßlichen Geruch, der über den Gängen hängt und sich auch von der mehrköpfigen Putztruppe und den Blumensträußen im Eingangsbereich nicht vertreiben läßt. Butterkuchen, fällt den Gästen ein, Zimtwaffeln, Nußkuchen, Zwetschgendatschi, *apple crumble*, denkt Frau von Kanter, mit Vanillesahne, in der feuerfesten Form, Backäpfel, ruft Frau Hint und wird von allen Seiten getadelt, aber Frau Hint, es ist doch Hochsommer. Der Zipfel der Zapfel der knusprige Apfel. Frau Hint wehrt sich, also bei mir, ich habe ja alleine, da gab es alles, was ich wollte, ich mußte keine falschen Rücksichten nehmen, ich war ja ganz frei. Süße Sünden, zwinkert Gabriele und schneidet kleine quadratische Stücke, damit es für alle reicht. Gib denen mal ruhig ordentlich, du Kniesepeter, sagt Frau Sörens, ich hab noch ein Blech.

Maik löffelt Herrn Lukan Kirschkuchen in den Mund. Herr Lukan atmet mit weit geöffneten Nasenflügeln den Buttergeruch. Kauen, Herr Lukan, sagt Maik freundlich, sonst wird das nichts.

Der Professor hat sich vorgedrängelt, und ein Raunen geht durch die Schlange. Der macht das nicht extra, flüstert jemand laut, der ist nicht mehr frisch im Kopf, aber als der Professor sich erstaunt umdreht, schaut ihn niemand an. Komm, Professor, dein Kuchen, sagt Gabriele, und er bedankt sich höflich.

Die Woche zerbröselt, Kirschkuchen, Käsekuchen, Schwarzwälder, wie fanden Sie denn den Nachtisch heute. Freitags ist Tanzkreis, sie sitzen im Gruppenraum, Frau Halter kommt in neuen engen Gymnastikhosen, deren schillerndes Blau ein Raunen durch den Raum schickt, und dreht den Kassettenrecorder laut. Meine Damen und Herren, ruft sie, obwohl kein Herr dabei ist, der Schwalbentanz, Sie erinnern sich, und im Takt zu dröhnenden Gitarrenklängen heben sich zwanzig alte Hände und irren durch die Luft. Und die Beine, ruft Frau Halter. Ein zaghaftes Tappen, manche heben die Knie, als ob sie marschieren wollten, ja, ruft Frau Halter, stellen Sie sich vor, Sie steigen in die Luft, und sie hält hier einen Ellbogen, dort eine Schulter, Arme heben sich wie gebrochene Flügel. Draußen in der Sitzecke nicken die Immergleichen im Takt. Nach zehn Minuten wechselt Frau Halter die Kassette, etwas Langsames zum Entspannen, sie wiegen sich in den Hüften. Manche drehen nur den Kopf. Arbeiten Sie mit Ihren Grenzen, summt Frau Halter, und dann klemmt sie sich den Recorder unter den Arm und winkt zum Abschied in die Runde, und schon ist wieder Wochenende.

Da tut sich was, sagt jemand zu Frau Hint, die bei den Immergleichen an ihrem Gehwagen verschnauft, als Frau Halter blauglänzend an ihnen vorbei zur Drehtür tänzelt. Was meinen Sie denn, fragt Frau Hint, die den Tanzkreis verweigert, jämmerlich, das Gezappel, mit Maik vielleicht, aber der hat genug zu tun, der tanzt nicht mit Greisinnen, der hat sicher eine hübsche Freundin, ein biegsames junges Ding, mit der er die Nächte durchtanzt. Da ist doch was unterwegs, was Kleines, tuscheln sie und machen vielsagende runde

Handbewegungen. Frau Hint zuckt mit den Schultern. Alle nehmen sich vor, beim nächsten Mal genauer hinzuschauen. Dinge, die wachsen, darf man sich nicht entgehen lassen in Haus Ulmen. Babys werden herumgereicht, Kinder getätschelt, der frische verschwitzte Geruch, die glatte weiche Haut, alles so feist und fest, die Finger greifen fest, die Füße ohne Hornhaut, Grübchen in den Knien. Frau Hint macht da nicht mit, natürlich nicht, Kinder haben sie nie interessiert, das Gerede interessiert mich nicht, ruft sie schnell, bevor die Lästermäuler denken, sie hätte angebissen.

Während alle Welt zu Hause bei den Kindern hockte und Strumpfhosen stopfte, ließ Frau Hint es sich gutgehen, ins Kino ging sie, wann immer ihr der Sinn danach stand, und Urlaube gönnte sie sich, nicht an die Ostsee zum Sandburgenbauen, kein Ponyreiten auf dem Bauernhof, Frau Hint schaute sich Kunstausstellungen an, in London, in Kopenhagen, die Postkarten hat sie noch in ihrem Zimmer, die hat sie nicht aussortiert, die zeigt sie manchmal Maik, bei Gelegenheit. Maik gefallen die Nebelbilder von Turner, die findet er romantisch, und über den »Schrei« hat er sich schon einmal gebeugt und gegrinst, wie unser guter Professor, und Frau Hint hat auch gegrinst.

Ich war ja frei, sagt sie zu Maik, verstehen Sie, ich konnte tun und lassen, was ich wollte. Und da haben Sie so richtig einen draufgemacht, sagt Maik freundlich. Frau Hint weiß nicht genau, was Maik meint, aber sie nickt verschwörerisch, damit Maik noch ein bißchen bleibt, und sagt, soll ich Ihnen mal die Stadtpläne zeigen. Beim nächsten Mal, Frau Hint, sagt Maik, der Professor wartet, Sie wissen schon, der Schrei, und er reißt die Augen auf und verzieht den Mund zu einem klaffenden Oval. Frau Hint erschrickt etwas, aber Maik zwinkert ihr zu, bevor er geht.

Er geht rasch und wiegend, niemand sonst in Haus Ulmen geht so, auf den Gängen sieht man nur Kriechen und Schlurfen, ein trauriges Getrippel. Frau Hint sieht ihm nach.

Dann holt sie die Stadtpläne aus der Schublade, die U-Bahn-Tickets hat sie auch aufbewahrt und die Zugfahrkarten, man hätte auch fliegen können, aber das wollte Frau Hint nicht riskieren. Anhand der Unterlagen kann Frau Hint genau sagen, wann sie wie wohin gefahren ist, die Hotels hat sie mit Kreuzen auf den Stadtplänen markiert, und die Stadtrundfahrten und die Cafés, in denen sie die starken Eindrücke verarbeitet und soviel Kuchen gegessen hat, wie sie konnte, damit sie abends keinen Hunger mehr hatte, denn in der Dunkelheit wollte sie das Hotel nicht alleine verlassen. Essen war auch nicht wichtig, aber tanzen wäre sie gern gegangen, in einen Club vielleicht, etwas wilder hätte es schon sein dürfen.

Frau Hint starrt auf den Stadtplan von London und ahnt, daß die vergilbten Straßenzüge inzwischen anders aussehen, daß vieles gar nicht mehr eingezeichnet ist. Schnell packt sie den ganzen Stapel und stemmt sich an der Tischkante hoch. Sie wird zu Herrn Lukan hinübergehen und ihm ein bißchen was von der weiten Welt erzählen. Schließlich hat er nie Besuch.

Herrn Lukans Fingernägel sind appetitlich, denkt Frau Hint, die auf die Tagesschau wartet, um zu wissen, was in der Welt so vor sich geht, und danach kommt eine Sendung über Kunst, Michelangelo, den hat sie noch gesehen, bevor man ihn bunt gemacht hat, ganz schrill sieht das jetzt aus, vorher war es ihr lieber, dezenter eben. Den ganzen Nachmittag hat sie sich um Herrn Lukan gekümmert, sie hat ihm all ihre Stadtpläne vor das Gesicht gehalten und erklärt und auch mit der Postkartensammlung angefangen. Er hat zwischendurch die Augen geschlossen, vielleicht waren es zu viele Eindrücke, sie wollte ihn nicht überfordern, also hat sie eine Pause gemacht und sich aus der Cafeteria ein Stück Kirschkuchen geholt, auf den Frau Sörens wie jede Woche so stolz war, als hätte sie ihn gerade erfunden. Als Frau Hint wiederkam, hörte sie schon im Gang das Schnarchen. Herrn Lukans Kinn war nach unten gefallen, sein Mund hing offen, und zwischen den Lippen spannte sich ein Speichelfaden, kein schöner Anblick, dachte Frau Hint und wendete dezent den Blick ab. Da fielen ihr seine Hände auf, die ordentlich gefaltet in seinem Schoß lagen, weiße Hände mit cremigen Fingern und hübschen runden Fingernägeln. Sie rückte näher und berührte die rechte Hand. Das Schnarchen brauste auf und glättete sich wieder. Da nahm Frau Hint, sie wußte gar nicht, was über sie kam, Herrn Lukans warme und trockene Hand, legte sie auf ihr Knie und streichelte die Knöchel und die weichen Finger.

So blieb sie sitzen, bis Gabriele ins Zimmer polterte, Herr Lukan mit einem schnappenden Geräusch den Mund schloß und die Zugluft zwischen Frau Hints Stadtpläne fuhr. Was ist denn hier los, rief Gabriele, ein Schäferstündchen, wie goldig. Frau Hintchen, drüben steht schon Ihr Abendbrot.

Das Abendbrot hat Frau Hint heute nicht ange-
rührt, aber sie schämt sich nicht, sie hat sich nur
um ihren Nächsten gekümmert und Gabriele damit sogar noch Arbeit abgenommen. Schließlich
kann ich machen, was ich will, denkt Frau Hint,
alt genug bin ich ja. Als der süße Amselgesang ein-
setzt, macht sie schnell den Fernseher an.

Am Freitag holt Ernst Lili und unternimmt etwas
mit ihr, nicht Zoo, das will er nicht, er will Dinge
tun, die jeder Vater mit seiner Tochter freitags tun
könnte, und wer geht schon jeden Freitag in den
Zoo, das sind die geschiedenen, getrennten, be-
mühten Väter, die Immergleichen, die auf den
Bänken sitzen und nicht Zeitung lesen, weil sie
andächtig ihre seltenen Kinder anschauen, oder
die an den Futterautomaten herumschrauben, in
denen die Münzen sich verkeilen, oder die in
den Hosentaschen nach Geld für das Ponyreiten
wühlen.

Ernst ist schon am Freitag morgen erschöpft
von der Woche und vor Sehnsucht nach Lili
und der Hoffnung, das Wochenende für sie zum
Leuchten zu bringen. Er holt sie vom Kindergarten ab, steht neben ihrem Fach mit dem ural-

ten Foto und lächelt der kleinen prallen Lili auf dem Foto zu, bis die große Lili aus ihrer Gruppe kommt, gar nicht so stürmisch, wie er sich das gewünscht hätte, viel dünner als noch vor zwei Jahren, sie schaut an ihm vorbei und kichert mit ihrer Freundin. Ernst verschluckt seine glühende Freude, er winkt ihr zwar, aber als sie der Freundin einen Kuß in den Nacken schmatzt, den er gern gehabt hätte, wendet er sich ab und schaut auf das Blumenmobile an der Decke, bis sie sich grußlos gegen seine Knie fallen läßt. Ich will aber heute mit der Emma spielen, stöhnt sie, und Emma hüpft hin und her und schreit, ja ja, wir wollen spielen. Heute nicht, sagt Ernst, das weißt du doch. Da sagt Lili mit Grabesstimme zu Emma, heute muß ich zu meinem Papa, und Ernst schaut noch einmal zu dem verblichenen Mobile hoch, in Haus Ulmen gibt es auch solche, die hat der Bastelkreis geklebt, und dann schließt er kurz die Augen, die heiß geworden sind.

Freitag abend nach der Arbeit, während Ernst Lilis Bett frisch bezieht, geht Regina zum Friseur. Sie läßt sich nur die Spitzen schneiden, darauf kommt es gar nicht an, es kommt auf das Haarewaschen an, das in Michaels Salon der Chef persönlich in die Hand nimmt. Der Chef ist nicht jung und nicht alt, vielleicht eher jung, Regina weiß es nicht mehr, sie kann nur noch ganz Junge und Uralte unterscheiden, für die Zwischenalter fehlt ihr der Blick. Er trägt Jeans mit Schlag und kurzrasierte Haare, die sie zuerst an Heinzi erinnert haben, aber der Chef umgarnt sie nicht, sie bezahlt, und er massiert mit festen Fingern ihren Schädel, dann fährt er mit kleinen Gummibürsten durch ihre Haare, nimmt die feuchten Strähnen büschelweise und zieht sanft gegen ihre Kopfhaut. Regina stöhnt, aber so leise, daß der Chef es im Summen der Föne und Trockenhauben nicht hören kann.

Spülung, fragt der Chef, obwohl er schon weiß, daß Regina immer eine Spülung will, um seine Hände noch länger auf ihrem Kopf zu spüren. Heute könnten wir es mit ein bißchen Farbe versuchen, schlägt er vor, als sie dann vor dem Spiegel sitzt und versucht, sich nicht anzuschauen. Er schlägt Strähne um Strähne in Alupapier ein, Regina schließt die Augen und spürt das Rascheln an ihrem Gesicht und die geduldigen Hände und ein sattes kühles Streicheln, als der Chef die Farbe aufträgt. Nach dem Fönen fährt er mit den Händen von unten in ihre Haare, die sich braun und

44

gelb gestreift um ihren Kopf bauschen. Ihr Gesicht sieht hinter all den Haaren aus wie eine verlorene Scheibe. Na, sagt der Chef und erwartet keine Antwort, sie nicken sich unter dem künstlichen Torbogen zu, den der Chef neulich an die Kasse hat mauern lassen, aber zahlen muß sie doch, doppelt soviel wie sonst, waschen schneiden Strähnchen, sagt der Chef stolz, heute abend können Sie tanzen gehen.

Ernst hat für Lili einen Armvoll neuer Kuscheltiere gekauft, in der Spielwarenabteilung hat er sich herumgetrieben und zwischen dröhnenden Kampfgeräten und rosa gerüschten Puppenbetten nach einfachen, freundlichen Kuscheltieren gesucht, die Lili ihr fremdes Bett und die Nächte bei ihm erträglich machen könnten. Es gab Katzen mit Kulleraugen und elektronisch gesteuerte Hunde, die bellten und mit dem Schwanz wedelten, Ernst wollte einen einfachen Teddy oder vielleicht einen schönen grauen Plüschelefanten, aber die Teddys waren unerschwinglich, und die Elefanten hatten riesige lächerliche Ohren und Augenwimpern.

Schließlich entschied sich Ernst für einen Tausendfüßler in Primärfarben, eine waschbare Frotteeente und ein großes weiches Krokodil, das Lili sich ans Kopfende legen könnte. Er baut alles auf dem frisch bezogenen Bett auf, bevor er sie abholt, und lockt sie in die Wohnung, ich hab was für dich, heute nacht schläfst du sicher gut. Zuerst essen sie noch Möhrenauflauf, der Lili nicht schmeckt, aber Ernst versucht immer, richtig zu kochen und Lilis Bestechlichkeit nicht auszunutzen, natürlich könnten sie auch jeden Freitag Pommes essen. Lili türmt die Möhrenstücke zu einem Haufen, dann legt sie damit Muster, bis Ernst sie mit dem uralten Satz ermahnen muß, der ihm zwischen den Lippen zerfällt, noch während er ihn sagt: Nicht mit dem Essen spielen. Bei Mama darf ich das aber, ruft Lili, springt auf und rennt ins Wohnzimmer, wo Ernst zum Wochenende ihr Bett aufstellt. Ernst wartet und horcht auf ihre Freudenrufe, aber alles bleibt still. Auf einmal schreit sie, so laut sie kann, als sei sie wirklich in Not, Papa, komm schnell, ein böses Krokodil, das will mich fressen.

Dann ist wieder Dienstag, schon wieder Dienstag, Ernst und Regina wissen es, noch bevor sie aufwachen, und nach dem Weckerklingeln liegen beide starr in ihren Betten und wünschen sich an das Ende des Tages, sie wünschen sich den Duft und die Jugend des Dienstagabends. Niemals sind sie freier. Hohes C muß ich kaufen, denkt Regina, und Ernst denkt, ich habe die Whiskeygläser vergessen, wie konnte mir das passieren, nichts kann ich mir merken, bei mir geht es auch schon los. Er sieht die klugen, kurzsichtigen Augen des Professors, der mit ihm früher durch die Welt gereist ist, der ihm das erste Lexikon, die erste richtige Schallplatte und einen echten Tintenfüller geschenkt hat, als er noch zu klein war, um sich die Stiefel allein anzuziehen. Nun muß Gabriele dem Professor die Schuhe binden, und manchmal läuft er auf Socken nach draußen. Ernst denkt probeweise an die Schüler der zehnten Klasse, an die Hauptstädte der Länder Südamerikas und an die Wirtschaftsminister der letzten zehn Jahre, die Schüler und die Hauptstädte gehen noch, aber kein einziger Wirtschaftsminister fällt ihm ein, eigentlich, wenn er ehrlich ist, auch nicht der jetzige.

So fängt das an.

Es wird ihm heiß, er wirft die Decke zurück und riecht den Schlafgestank, der sich nun im ganzen Zimmer verbreitet, ich stinke auch schon, denkt er, wie Vater, Lili hat es ja gesagt, Kinder haben immer recht.

Der Professor riecht eigenartig, es ist nicht eigentlich ein Gestank, den man durch Lüften oder Waschen beseitigen könnte, es wird wahrscheinlich nur der Heimgeruch sein, der alles durchdringt. Ich kann ihm keinen Vorwurf machen, denkt Ernst, ich kann ihm ja wohl auch kaum sagen, daß er sich besser waschen soll. Einmal hat er, als der Professor in der Cafeteria seine Aufzeichnungen fertigstellte, schnell seine Nase an die Hose des Professors gepreßt, die neben dem Bademantel hing, an die Naht im Schritt, vielleicht war da ja ein Geruch, alte Herren sind undicht, das ist keine Schande, aber er roch gar nichts, und es war eine Schande. Eine brennende Scham trieb ihn aus dem Bad hinaus in den Gang, von wo aus er den gebeugten Kopf seines Vaters in der Cafeteria sah, langsam hin und her pendelnd im Rhythmus der schreibenden Hand.

Beinahe treffen sich Regina und Ernst um kurz nach halb vier im Erdgeschoß des Kaufhauses, wo Regina die Rolltreppe zu den Lebensmitteln nimmt und zwischen den Ananassäften, den Passionsfrucht-, Trauben-, Multivitaminsäften plötzlich nicht mehr weiß, warum es Hohes C sein muß, wer hat denn eigentlich damit angefangen, denkt sie, was ist besonders an dem Zeug, außer dem Preis, ich könnte auch mal was ganz anderes besorgen, Mutter überraschen, und sie kauft eine Flasche Cassislimonade. Zur gleichen Zeit wühlt Ernst, dessen Rücken mit einem Schweißfilm überzogen ist, weil er noch mit einem Schüler gesprochen und den Drei-Uhr-Bus in die Stadt verpaßt hat, mit spitzen Fingern zwischen Sektkelchen, Bowleschalen und Bierkrügen herum, unter den wachsamen Blicken einer Verkäuferin, die aber nichts über Glas weiß, denn er hat sie nach Whiskeygläsern gefragt, und sie hat an ihm vorbeigesehen und mit einer schlaffen Hand durch die Luft gewedelt, da drüben, das ist alles, was wir haben.

Ernst weiß, daß der Professor sich nicht an die Whiskeygläser erinnern wird, aber er muß sie mitbringen, es hängt etwas davon ab, es ist eine Art Prüfung, die etwas bewirken könnte, eine Wendung nicht, natürlich nicht, aber vielleicht eine winzige Verschiebung, eine kleine Verbesserung. Unsinn, murmelt Ernst und greift aus den Pyramiden zwei feste runde Gläser heraus, aus denen man

Whiskey trinken könnte, das gilt, die Prüfung ist bestanden, und gleich nimmt er noch zwei dazu, damit der Professor nicht denkt, er bekäme nur einen Besucher.

Als die Immergleichen erwartungsvoll die Blicke auf den Parkplatz richten, sehen sie den Sohn mit einem Paket und ungewöhnlich beschwingten Schritten auf den Eingang zueilen. Die Tochter biegt langsam in die Einfahrt und richtet sich noch im Innenspiegel die Haare, wie immer ein hoffnungsloser Fall, denken die Immergleichen, Schnittlauch, von den teuren Händen des Chefs ahnen sie nichts, aber die gelben Strähnen sind neu, das merken nur die nicht, die grauen Star haben. Dankbar bewegen die Immergleichen die Lippen und verfolgen die Ankunft. Maik hat heute keine Zeit gehabt, das Empfangskomitee aufzubauen. Ernst und Regina treffen sich in an der Drehtür und nicken sich zu. Fahle Haut, denkt Ernst, Raucherhaut, und sie denkt, was hat er denn da, ein Mitbringsel, und dann bleiben sie kurz stehen, er zupft an seinem verschwitzten Hemd, sie fährt sich noch einmal durch die Haare, beide zögern, in die andere Zeit einzutauchen, eine kinderlose, appetitlose, schlaflose, trockene Zeit, eine Zeit ohne Fahrkarten und Termine, ohne Mülltage und Einkäufe, auch ohne Waffelbacken und Sonntagsbraten. Keiner hat hier eine Küche.

Eigentlich haben die es gut, denkt Regina erschöpft, obwohl sie kaum eintreten kann, schon der Schotter auf dem Parkplatz klingt anders als sonstwo und lähmt ihre Schritte. Die sitzen da und lassen das Leben an sich vorüberziehen. Sie läßt sich von Ernst mitnehmen in die Wand aus Blicken wie oft war ich schon hier, denkt sie, warum wird es nicht leichter, und plötzlich wünscht sie sich ein dickes, waches Baby, das sie in einem dieser riesigen, gummibereiften Kinderwägen vor sich her schieben kann und das wie ein Blitzableiter alle Blicke auf sich versammeln würde, und dahinter könnte sie sich unbemerkt in die nicht vergehende Zeit schummeln, die dann auch wieder vergehen kann, sie verginge sicher sogar im Fluge, mit Winken und Kitzeln, Füttern, Wischen und Gurren. Mutter interessiert sich zwar nicht für Babys, aber besser als Vögel werden sie doch wohl sein, man kann die Augen darauf ruhen lassen, während man mit der Zunge das Hohe C im Mund hin und her bewegt, aber heute gibt es ja Limonade.

Papa, ich habe dir die Whiskeygläser mitgebracht, sagt Ernst gleich in der Tür und streckt dem Professor das Paket entgegen. Was, sagt der Professor und hebt den Kopf nicht von dem Buch, über das er sich gebeugt hat. Ernst wartet kurz, dann sagt er deutlich, Papa, ich bin es, heute ist Dienstag, schau, was ich habe. Das kann man kaum zu Ende denken, sagt der Professor warnend, einen Finger ins Buch gepreßt, und dreht sich langsam zu Ernst um, ohne ihn zu sehen. Ernst tritt hinter ihn, Vater, was meinst du denn, willst du mir nicht guten Tag sagen. Das hat keine Bedeutung, der Professor schüttelt den Kopf und schüttelt auch die Hand ab, die Ernst ihm auf die Schulter gelegt hat.

Ernst weicht zurück und legt den Karton vorsichtig auf das Bett, das Gabriele mit einer ockerfarbenen Tagesdecke gerichtet hat, scheußlich, denkt Ernst, da müßte auch mal etwas Neues her, oder wo sind eigentlich Mutters Decken, Mutter brauchte zum Schluß viele Decken, wir haben sie wahrscheinlich alle weggeworfen. Dann sieht er dem Professor zu, der düster mit dem Finger die Zeilen entlangfährt und sich kopfschüttelnd Notizen macht, was soll das, denkt er, dem kann es egal sein, der kriegt nichts mehr mit, und sogleich durchfährt es ihn heiß, er will den Gedanken zurücknehmen, aber das kann niemand. Der Professor erhebt sich umständlich, bewegt die Schultern, spielt mit den steifen Fingern, dann pupst er und streckt Ernst die Hände entgegen, kommen Sie, alter Freund.

Ernst schließt die Augen und lehnt die Stirn an die Schulter seines Vaters.

Regina prallt, als sie langsam die Tür öffnet, fast zurück. Direkt gegenüber der Tür sitzt Frau von Kanter und starrt mit weit aufgerissenen Augen auf die Klinke. Mama, sagt Regina und holt Luft, du kannst einem ja einen Schreck einjagen, wer hat dich denn hier aufgebaut, wie die Kaiserin von China thronst du da. Gleich redet sie weiter, ohne auf Frau von Kanters langsame Geräusche zu warten, der Verkehr da draußen, der war wie immer, wahnsinnig eben, sei froh, daß dir das alles erspart bleibt, du sitzt hier wie die Kaiserin von China, Reginas Stimme wird lauter und schrill, und sie merkt es, gleichzeitig merkt sie auch, daß sie die Blumen vergessen hat, ich sage nichts, denkt sie, ich muß mich ja nicht entschuldigen, schließlich werde ich nicht vertragsbrüchig, ich mache das freiwillig, weil ich großzügig sein will, großzügiger als Mutter jemals zu mir gewesen ist.

Heftiger als gewollt sagt sie, du rührst dich nicht vom Fleck, oder? Aber du hast ja alles, was du brauchst, wo ist denn die Schnabeltasse, hat Maik sie wieder verräumt. Sie zieht die Cassislimonade aus dem Beutel, füllt die Tasse randvoll mit dem lila schäumenden Sprudel, hier, was Besonderes, zum Wohl. Frau von Kanter hat sich nicht bewegt, starr sitzt sie da, die Finger um die Mahagonischnecken des Sessels geschlossen. Etwas in Regina gibt nach. Ich weiß, an die Blumen hätte ich denken sollen, zwingt sie heraus, ich habe einfach zuviel um die Ohren, und sie hält Frau von Kanter die Limonade unter die Nase. Frau von Kanter zuckt zurück und schließt abwehrend die Augen. Sie versucht, einen Arm zu heben, und schlägt dabei den Becher um. Ein Schwall ergießt sich zischend auf ihre Oberschenkel und tropft zwischen ihren Beinen auf den Teppich.

Früher als sonst verläßt Regina das Heim, sie hat noch aufgewischt, so gut es ging, aber das Polster des Sessels war schon vollgesogen. Den Rest der Flasche hat sie in das Waschbecken gekippt. Auch Ernst steht schon um kurz vor halb sechs vor dem Haupteingang, doch obwohl er tief durchatmet, stellt sich die Freiheit heute nicht ein, er fühlt sich nicht erleichtert und auch nicht verjüngt. Der Professor ließ sich heute nicht aus seiner Verwirrung locken, die Whiskeygläser hat er nicht einmal angeschaut, stur hat er darauf beharrt, mit dem fremden Besucher Ernst seine Aufzeichnungen zu diskutieren, aber als Ernst sich vorbeugte, sah er, daß auf dem Notizblock nur winzige Bleistift-krakel waren, Seite um Seite gefüllt mit zarten Li-nien und Strichen. Da mußte er aufstehen und sich rasch verabschieden, er gab dem Professor, der sich heute nicht umarmen ließ, die Hand und eilte an der überfüllten, dunstigen Cafeteria vorbei ins Freie.

Nun steht er beklommen herum, eigentlich könnte er gehen, aber es ist viel zu früh, er hat die Besuchszeit nicht erfüllt, gar nichts hat er erfüllt, und als er Regina an ihrem roten Golf eine Zi-garette rauchen sieht, geht er gleich hinüber und fragt, ob er auch eine haben kann. Er füllt Mund und Lunge mit dem bitteren Rauch, das werde ich wieder den ganzen Abend nicht los, denkt er, und krank macht es auch, da sagt Regina, sonst rauche ich eher selten, aber dienstags abends brauche ich eine. Ja unbedingt, sagt Ernst, ich sollte mir auch eine Packung kaufen. Sie lachen ein wenig. Wie geht es denn Ihrer Mutter, fragt Ernst. Ach, sagt Regina. Wo soll ich anfangen. Ihr Vater scheint aber noch ganz gut in Form zu sein. Ernst lacht bitteren Rauch, den hätten Sie mal heute sehen sollen. Er hat mich nicht einmal erkannt. Und ich ihn auch nicht. Meine Mutter hat mich heute angestarrt, als wollte ich ihr an die Gurgel, sagt Regina. Mein Vater auch, sagt Ernst.

Sie schauen sich an, verblüfft, daß sie nicht allein sind in ihrer Not. Kann ich Sie noch mitnehmen, fragt Regina. Ernst schüttelt den Kopf, aber er bleibt stehen, auch Regina steigt noch nicht ein. Sie schweigen und spüren nun doch die Erlösung sich allmählich ausbreiten, die Zeit vergeht wieder, sie sind entkommen, beide, sie haben getan, was in ihrer Macht stand, der Abend ist noch nicht zu Ende. Sie drehen sich gleichzeitig zum Heim um, wo die Gesichter der Immergleichen hinter der Scheibe weißlich schimmern. Bevor ich ins Heim gehe, bringe ich mich um, sagt Ernst plötzlich zu Regina.

Lili und Ernst sehen das Familienalbum durch, das Ernst für den Abend bereitgelegt hat, um in Lili die Erinnerung an die Familie wachzuhalten. Die Bilder erzeugen unter Ernsts Rippen ein Ziehen. Verschwommen sieht er Lili mit dickem Babykopf, Lili mit Stoffhase auf dem Töpfchen, Lili mit blutigem Knie in den Armen seiner Frau, seine

Frau mit neckisch schräggelegtem Kopf, obwohl sie sich da schon täglich stritten. Wer ist das, fragt Lili und zeigt auf den Professor bei einem Geburtstagsessen, mit erhobenem Glas und spöttischem klugem Lächeln. Das ist schon lange her, sagt Ernst, das ist der Opa, den kennst du nicht mehr.

Aber Lili hat Opa nicht vergessen, der Opa hat mir immer vorgelesen, sagt sie, der hat so ein dickes gelbes Märchenbuch, Rapunzel hat er gelesen. Sie kniet sich auf das Bett und läßt die Haare nach unten hängen. Stimmt, sagt Ernst überrascht, das Märchenbuch, ich weiß gar nicht, wo das geblieben ist. Rapunzel, Rapunzel, ruft Lili. Ernst erinnert sich an die Zeichnungen im Märchenbuch, die Prinzessinnen mit den fein geschwungenen Nasen, die vertrocknete Hexe, den Frosch, der aussah wie seine Kindergärtnerin, ja das Märchenbuch, sagt er leise.

Lili setzt sich auf, schleudert die Haare nach hinten und sagt, wir besuchen ihn. Jetzt können wir ihn nicht besuchen, sagt Ernst schnell, er ist in einem Haus, da schlafen jetzt schon alle. Wie bei Dornröschen, sagt Lili. Morgen könnten wir hingehen, überlegt Ernst und bereut es sofort, morgen ist Samstag, ein Tag ohne Heimdunst, ohne Whiskeygläser, ohne Schuld und Bangen, und schnell sagt er, ach nein, wir machen etwas anderes, etwas Tolles, wie wäre es mit Zoo. Aber Lili hört gar nicht hin, ich male ihm ein Bild, ruft sie und rennt schon zu Ernsts Schreibtisch, wir können ihm auch Blumen pflücken.

Am nächsten Morgen hat Lili nichts vergessen, sie bindet eine goldene Schleife um das riesige Bild mit den Herzen und Blumen, reißt im Vorgarten die Margeriten der Vermieterin ab und winkt Ernst zur Bushaltestelle. Ernst muß ihren Überschwang dämpfen, sonst wird es bittere Tränen geben, hör mal, sagt er unbehaglich, Opa ist manchmal sehr müde, vielleicht will er uns heute gar nicht sehen. Dann wecken wir ihn, sagt Lili, ich kitzele ihn, und probeweise kitzelt sie Ernst mit den Margeriten, die schon an den Köpfen abknicken.

Auf dem Parkplatz vor Haus Ulmen, auf dem sich heute die Wagen dicht aneinander vorbeischieben, zappelt sie um Ernst herum, der immer langsamer wird, das ist aber ein großes Haus, wohnt Opa ganz allein hier, und Ernst sieht, wie die Immergleichen sich hinter der Scheibe nach vorne beugen und die Hände auf die Knie stützen, ein ungewohnter Anblick, da wird sich aber der

Professor freuen. Zwischen glattgekämmten En-
keln und zögerlichen Schwiegertöchtern drängelt
sich Lili durch die Drehtür, ohne sich nach Ernst
umzudrehen. In der Eingangshalle, die wie an
jedem Wochenende krümelfrei glänzt, bleibt sie
stehen und starrt auf die Immergleichen. Einige
winken mit den Fingerspitzen, jemand kramt sofort in der Handtasche und schwenkt ein Hustenbonbon. Lili weicht zurück und greift nach Ernsts
Hand, wieso sitzen die alle hier. Paß auf, versucht
es Ernst noch einmal, hier wohnen alle möglichen
Leute, manche sind schon sehr alt, und vielleicht
erkennt dich Opa nicht gleich, aber Lili hört nicht
zu und starrt Maik hinterher, der mit einem leeren
Rollstuhl quer durch die Halle schliddert.

Vor dem Zimmer des Professors zupft sie dann
schüchtern an ihrer Hose und weigert sich, an die
Tür zu klopfen. Ernst will schon kehrtmachen,
aber er spürt die Blicke der Besucher, die in der
Cafeteria herumtrödeln, um nicht in die Zimmer
zu müssen, und hinter der Tür die wirre Tapferkeit des Professors, und tritt ein. Das Zimmer ist
leer. Schon will sich Ernst im Gang umschauen,
da sieht er draußen auf der winzigen Terrasse jemanden kauern. Papa, ruft er und reißt die Terrassentür auf. Der Professor kniet auf den moosi-
gen Fliesen und schiebt sich gerade ein Stück

Meisenknödel zwischen die Lippen. Ruhig schaut er auf, nickt Ernst und Lili zu und wischt sich das Kinn.

Was machst du denn da, Papa, ruft Ernst, das ist Vogelfutter, woher hast du das denn, und er reißt dem Professor das schlaffe Säckchen aus der Hand. Der Professor erhebt sich und klopft die Hose ab. Ich hatte Appetit, sagt er befriedigt, und da drüben hat man Nahrungsmittel zum Verzehr aufgehängt. Er zeigt auf Frau von Kanters Vogelhäuschen und erklärt Lili, man solle Eßsachen nicht im Freien aufbewahren. Ach so, sagt Lili, und dann fragt sie schnell, Opa, wo ist denn das dicke Märchenbuch. Märchenbuch, Märchenbuch, sagt der Professor, und Ernst befürchtet gleich, er habe sich in eine Wortschlaufe verstrickt, die sogar in einem Schrei münden könnte, und fängt an zu reden, weißt du noch, du hast doch Lili immer vorgelesen, in dem Armsessel, als sie noch ganz klein war, jetzt ist sie ja bald sechs, und du warst noch, ich meine, die alte Wohnung war gar nicht kindersicher, wir mußten Tesa auf die Steckdosen kleben.

Der Professor hört nicht zu. Anna, sagt er zu Lili, ich lese dir vor, was du willst, und er setzt sich auf das Sofa. In seinem Rücken verknicken die Margeriten, die Lili auf die Kissen geschleudert hat, und Lili springt neben ihn und zwängt ihren Kopf unter seinem Ellbogen durch. Rapunzel, ruft sie. Ernst sieht sich nach dem Märchenbuch um, aber der Professor hat schon angefangen zu erzählen, er erzählt von Rapunzel, die so lange Haare hat wie Anna, und wenn sie diese Haare kämmt, schläft sie ein und schläft hundert Jahr und wird von der Hexe gebacken, bis die Tiere rufen, du hast mit uns gegessen, du hast mit uns getrunken, und er zwinkert Ernst zu, während Lili gespannt vor sich hinschaut.

Dann läßt er Ernst Kuchen holen und sucht für Lili den alten Füllfederhalter und das Tintenglas aus der Schublade, sie schreibt schiefe Buchstaben und schmiert Tinte auf die Lederunterlage, während er sie still von der Seite anschaut. Es ist schön, sagt er leise zu Ernst, Anna hierzuhaben, sie hat mir immer den Rücken gestärkt. Ernst sinkt in sich zusammen, er hofft, daß es beim Abschied keinen Widerstand geben wird, doch Lili ist eine Meisterin des Abschieds, sie ist schon aus der Tür, bevor die rechten Worte gefunden sind. Der Professor sieht blaß aus, der Meisenknödel muß sich mit der Schwarzwälder Kirschtorte zu einer unguten Mischung verklumpt haben, und Ernst rät ihm zu einem Magenbitter, bevor er die Tür fest hinter sich schließt.

Im Bus redet sie nicht mehr von dem Besuch, doch als Ernst ihr abends zwischen einem Haufen bunter Stofftiere, die sie diesmal von zu Hause mitgebracht hat, etwas vorliest, spürt er plötzlich ein Zittern neben sich. Das Krokodil hat er nicht mehr umtauschen können, es liegt in Plastik eingeschlagen unter seinem Bett. Was ist denn, fragt er Lili und fürchtet das Schlimmste, das Kind ist verstört, sie wird seiner Frau alles erzählen, er wird sie nicht mehr sehen dürfen, sie hat Schaden genommen. Der Opa hat viel schöner vorgelesen als du, schluchzt Lili und schlägt ihm das Buch aus der Hand.

An diesem Samstag, den Frau Hint bei Herrn Lukan verbracht hat und an dem Frau von Kanter mit empörten Protestgeräuschen den Diebstahl ihres Meisenfutters zu verhindern suchte, aber niemand hörte sie, sitzt Regina abends in der Wohnküche und ißt Spargel. Die Spargelzeit ist längst vorbei, aber Regina ist ihr eigener Herr, schließlich gibt es zu jeder Jahreszeit Glaskonserven, in denen der geschälte Spargel bläulich schimmert, die hat sie sich gekauft, um sich nach der Samstagsarbeit zu belohnen, und eine Flasche Weißwein dazu. Sie schält Kartoffeln, sie schenkt sich Wein ein, sie erhitzt den Spargel, bis er weiß wird, aus alt mach neu, murmelt sie und bewegt die Finger und die Zehen, die nach den Stunden am Computer kalt und feucht sind. Sie zündet sich eine Kerze an, die stark nach Vanille duftet, und denkt plötzlich, als sie das erste holzige Spargelstück zwischen den Zähnen herauszieht, an das Osterfest im Goldenen Hirschen, Frau von Kanter am Kopf der Tafel, prächtig im dunkelroten Kostüm, und ein zerkauter Stangenspargel auf ihrem Teller. Der Kellner entschuldigte sich, aber das genügte nicht, Frau von Kanter verlangte den Chefkoch, der majestätisch und hochgewachsen aus der Küche trat, seiner Sache sicher, und stach angewidert mit der Gabel in den Spargel. Wie stellen Sie sich das vor, rief sie, während Regina beschwichtigend auf ihren Unterarm klopfte, in diesem Haus, wie können Sie mir das erklären. Der Chefkoch, dessen Gesicht sich leicht rötete, setzte an, aber Frau von Kanter stieß ihren Stuhl zurück und fuchtelte mit der Gabel in der Luft, bei Ihrem Ruf, schrie sie gellend, und Ihren Preisen, nicht zu vergessen, bestehe ich auf erstklassiger Qualität, das müßte selbstverständlich sein. Regina lehnte sich zurück, für sie gab es nichts mehr zu tun, die anderen Gäste hatten interessiert die Gabeln sinken lassen, und Frau von Kanter stand da in dunkelrotem Glanz. Der Chefkoch war lautlos fluchend zurückgewichen, später hatte man sich angenehm unterhalten, und zum Dessert gab es Kaffee auf Kosten des Hauses.

Nächsten Dienstag gehe ich nicht, sagt Regina plötzlich laut, und dann sagt sie es gleich noch einmal, um die Erlösung dieses Satzes zu schmecken, am Dienstag gehe ich in die Sauna, sagt sie. Den Spargel wirft sie in den Müll.

Während Regina am Dienstag in der Sauna sitzt, zum ersten Mal seit Jahren, ungeschickt in ihr Handtuch gewickelt und in die hintere Ecke der unteren Bank gedrückt, packt Ernst ein Foto von Lili in Geschenkpapier ein, um es dem Professor auf den Nachttisch zu stellen. Als er die Schleife binden will, schüttelt auch er plötzlich den Kopf. Nein, sagt er laut, nicht schon wieder. Schließlich ist sein Besuch mit Lili gerade erst drei Tage her, das muß genügen, und das Bild wird er ihm nächsten Dienstag mitbringen. Fast lacht er laut auf. Er wird die zwei gestohlenen Stunden auskosten, er wird etwas Ungewöhnliches tun, etwas Junges, Ungestümes, etwas, das ihn frisch und stark macht, dann haben alle etwas davon, auch der Professor. Mit der triumphalen Häme eines Schulschwänzers packt er seine Saunatasche.

Nach der Lichterorgel und dem römischen Dampfbad traut sich Regina in die Finnensauna, eine kleine Holzhütte ganz hinten auf dem Gelände, in der die Hitze wie ein Block auf sie fällt, als sie die Tür aufstemmt. Guten Tag, murmelt sie, aber in der Finnensauna spricht niemand, weil die Hitze die Lippen austrocknet, und Regina setzt sich mutig neben den Mann auf der mittleren Bank und zieht die Beine an den Leib, um ihre langen Brüste vor Blicken zu schützen. Doch der Mann hält die Augen geschlossen und die Stirn schmerzlich gerunzelt, als quäle er sich, während der Schweiß ihm in satten Tropfen über Rücken und Arme läuft. Als er leise stöhnt, fragt Regina unwillkürlich, alles in Ordnung bei Ihnen. Er reißt die Augen auf und starrt sie an.

Sofort erkennt Regina ihn. Ogott, murmelt sie, bitte entschuldigen Sie mich, und sie schlingt sich rasch das Handtuch um den Leib und tritt dampfend ins Freie.

Gleich nach ihr kommt Ernst, der fast auf den Planken ausrutscht, warten Sie, sagt er, ich war schon viel zu lange drin, und unter ihren Blicken eilt er in den kleinen Eistümpel vor der Hütte, krault prustend hin und her und gerät mit den Füßen in das künstliche Schilf. Als er aus dem Wasser steigt, schaut sie schnell weg. Während sie sich duscht und hastig mit den Fingern ihr Haar entwirrt, versucht er, sich sein Handtuch kunstvoll um die Hüften zu binden, aber es hilft wenig, man sieht den Bauch, die knotigen Knie und die kleinen haarfreien Männerbrüste. Wollen Sie sich, ich meine, wollen wir uns ausruhen, fragt er und zeigt auf die Liegestühle unter den Linden, und Regina, die sich ein Bettlaken herbeiwünscht oder einen Bademantel, rafft ihr zu schmales Handtuch an den Brüsten fest zusammen und sagt fröhlich, gerne, ich brauche sowieso eine Pause.

Sie reichen sich die Wasserflasche und kippen die Stühle nach hinten und zupfen an ihren Handtüchern. Regina fährt sich heimlich über die wulstige Orangenhaut an den Oberschenkeln, die er nicht sehen darf, und sagt, Sie sind sicher öfter hier. Ja doch, lügt Ernst, aber nie dienstags, sie lachen verschwörerisch, und er spürt, wie er unter dem Frottee anschwillt, das kann sie nicht sehen, denkt er, heute sieht sie besser aus, eigentlich kaum wiederzuerkennen. Während sie über die Dienstage und diesen erstaunlichen Zufall und das Schwitzen reden, und über die Notwendigkeit, viel zu trinken, zwei Liter mindestens, mustern sie die von der Hitze rotgemaserte Haut, die feuchten schütteren Haare, die eingeschrumpelten Zehen des anderen. Als sich beim Aufstehen ihre Schultern berühren, erschrecken sie wohlig.

Später trinken sie im trüben Saunacafé noch einen Sanddornmix. Reginas feuchte Haare durchweichen ihren Kragen, aus Ernsts Jackentasche hängt ein Strumpf, und trotz allem fühlen sie sich im milden Licht der rustikalen Tischlämpchen gestrafft und ein wenig lüstern. Kann ich Sie, ich meine, wollen wir uns duzen, sagt Ernst plötzlich, jetzt, wo doch die Hüllen gefallen sind. Die Hüllen gefallen, wiederholt Regina. Sie kann nicht gesehen haben, was mir auf der Liege passiert ist, denkt Ernst, und dann denkt er, mein Gott, ich benehme mich wie einer meiner Schüler, schließlich sind wir erwachsen und dürfen uns begehren, da braucht sich doch keiner so anzustellen. Er räuspert sich und sagt, heute sehen Sie, ich meine, heute siehst du schön aus. Wie klingt denn das, denkt Regina, sonst etwa nicht, aber dann schaut sie Ernst an und findet in seinem Gesicht eine hilflose, überraschte Tapferkeit, die die teigigen Züge verwandelt, so daß sie ihn länger anschaut, als beide für möglich gehalten hätten.

Frau von Kanter wartet auf den Besuch ihrer Tochter. Weil die Uhr schräg hinter ihr steht und heute die Kraft für eine Kopfdrehung nicht reicht, muß sie sich auf die Geräusche des Heimes und das immer satter werdende Nachmittagslicht verlassen. Mit dem Mittelfinger der besseren Hand tappt sie auf die Armlehne, ein winziger, zeitlupenhaft verlangsamter Abglanz ihrer haltlosen Ausbrüche, getanzt habe ich vor Wut, denkt sie, großartig, vor mir war doch niemand sicher. Als Maik mit dem Abendbrot kommt, das er ihr heute zwischen die Lippen wird schieben müssen, stehen ihr Tränen der Wut in den Augen, die Maik aber nicht erkennt, denn er hat vergessen, was ihr heute eigentlich zugestanden hätte.

Ich glaube, Sie haben etwas im Auge, sagt er zu Frau von Kanter, biegt ihren unwilligen Kopf nach hinten und tupft an ihren Augen herum, obwohl sie mit bellenden Geräuschen und heftigem Zwinkern protestiert, gleich haben wir die Sache, und dann gibt es Kräuterquark. Der Kräuterquark in Haus Ulmen ist widerlich, Frau von Kanter fürchtet das Zwiebelpulver und den mehligen Nachgeschmack des Geschmacksverstärkers und preßt die Lippen zusammen, aber Maik schiebt ihr unsanfter als sonst den Löffel zwischen die Zähne, als wolle er den Tag endgültig verderben. Vielleicht hat er es eilig, vielleicht hat er andere Pläne, aber das ist Frau von Kanter gleichgültig, sie ist in keinem Plan mehr vorgesehen, alle haben Besseres vor, und sie bewegt den Quark hilflos mit der Zunge hin und her, bis sie anfängt zu würgen.

Der Professor dagegen hat nichts gemerkt, er war beschäftigt und hat sich vieles notiert und dann die Aufzeichnungen hinter den Bücherschrank geschoben, damit man sie ihm nicht entwendet, denn heute hat er das Gefühl, man habe ein Auge auf ihn und wolle von ihm profitieren. Also scheint heute ein schlechter Tag zu sein, obwohl die Arbeit zügig voranging. Doch schließlich weiß der Professor sich zu schützen. Zahlreiche Verstecke hat er schon angelegt, sein Werk ist sorgfältig im ganzen Zimmer verteilt, und selbst Ernst oder andere mit ihm verwandte Personen können nicht ahnen, welche Funde es zwischen den Seiten der Bücher zu machen gäbe, oder hinter den Pullovern, oder unter der Matratze. Nur Anna darf natürlich alles wissen, er hat keine Geheimnisse vor ihr, das nächste Mal muß er daran denken, sie einzuweihen.

Abends gibt es noch Schnittchen und Kräuterquark, den der Professor angewidert von sich schiebt. Er hebt die Nase, saugt die warme Luft ein und sagt, es riecht hier. Niemand ist da, um ihm zu widersprechen, aber er sagt es noch einmal lauter, hier riecht es nach etwas, ruft er und schnüffelt heftig, es stinkt, ja, es riecht fischig. Er hält die Nase über den Quark, die Käseschnitten, dann steht er auf und schreitet sein Zimmer ab, riecht an den Buchrücken, an den Sofakissen, sogar an dem Papier auf seinem Schreibtisch. Schließlich reißt er die Tür auf und ruft laut in den Gang, hier riecht es fischig.

Gabriele und Maik, die das Geschirr auf Rollwägen zusammenstellen, hören ihn und weiten unwillkürlich die Nasenflügel. Unsinn, sagt Gabriele, hier riecht gar nichts, oder riechst du was, das hat er sich in den Kopf gesetzt, er wird immer schrulliger, der Gute. Mit leicht zurückgelegten Köpfen stapeln sie schnuppernd die Tabletts übereinander, aber der Professor läßt nicht locker, und schon öffnen sich die ersten Türen weiter hinten, nur einen Spaltbreit, Nasen schieben sich um die Ecke. Das ganze Erdgeschoß füllt sich mit einem kaum vernehmlichen Schnüffeln und Schniefen.

Ich bin doch nicht auf den Kopf gefallen, ruft der Professor, man muß das entfernen, dieses Fischige.

Ich übernehme das, sagt Gabriele zu Maik, schiebt den Rollwagen direkt vor das Zimmer des Professors, drängt ihn zurück in den Flur und schließt die Tür hinter ihm. Wo soll denn hier was stinken, Professor, sagt sie und reckt die Nase in die Luft, ist doch alles picobello, wenn du mich fragst, und jetzt raus aus den Kleidern, dann hat die liebe Seele Ruh. Der Professor beginnt, sich das Hemd aufzuknöpfen, aber beruhigt ist er nicht, wenn ich es Ihnen doch sage, Sie sollten der Ursache nachgehen. Die Ursache bist du, Professor, sagt Gabriele nicht unfreundlich und schüttelt seinen Pyjama auf, das ist alles hier oben, und sie klopft sich mit der flachen Hand auf die Stirn, hier oben.

Während der Professor wach in den Spätsommerabend schnuppert und Maik den Kühlschrank im Personalzimmer nach verderblichen Lebensmitteln absucht, steht Gabriele am geöffneten Fenster im Gang und atmet langsam. Es riecht nach gesprengtem Rasen, vertrocknetem Gras, vielleicht nach verschütteter Pfirsichbowle, und plötzlich fädelt sich etwas anderes in den Abend, etwas Süßliches, Pralles, Weißliches, etwas leicht Gammeliges, jetzt rieche ich es auch schon, denkt

Gabriele und schließt rasch das Fenster. Kein Wunder, bei der Wärme, sagt sie laut.

Am Dienstag morgen erwacht Regina in milder Aufregung. Eine bange Freude mischt sich in die bleierne Dienstagsunlust. Sie fönt sich, bis sich die Kopfhaut heiß zwischen den Ohren spannt, nimmt eine Bürste und ein Deodorant mit zur Arbeit. Vor dem Bildschirmschoner, den torkelnden Goldfischen, versinkt sie in beklommener Vorfreude, lehnt sich zurück und bewegt die Finger, als wolle sie Klavierspielen. Sie denkt an Helmut, der sie vor sechs Jahren, als sie geschmeidiger und Berührungen noch gewöhnt war, beschnuppert hat wie ein Hund, bevor sie sich liebten, ich bin ein Geruchsmensch, murmelte er, während er seine kühle Nasenspitze an ihrem Körper entlangführte, sie tat sich schwer, es ihm zu verbieten, obwohl der schnüffelnde Helmut zwischen ihren Beinen und an ihren Füßen ein merkwürdiger Anblick war, aber sie hatte sich ja vorher lange geduscht und mit Zitronenöl eingerieben, es gab nichts zu verbergen. Nach dem ersten Treffen, das sie Frau von Kanter verheimlichen mußte, um unbehelligt aus dem Haus zu kommen, bat Helmut sie, doch ungewaschen zu kommen, damit es etwas zu riechen gibt, sagte er und zwinkerte ihr zu. Regina nickte beklommen und strich zu Hause seinen Namen gleich wieder aus dem Adressbuch. Frau von Kanter erfuhr nichts von Helmut und auch nichts von Knut und Joachim. Sie legte Regina die Kontaktanzeigen der Lokalzeitung aufgeschlagen neben den Frühstücksteller und nickte ihr verschwörerisch zu, der zweite von oben klingt gar nicht schlecht. Ich brauche niemanden, sagte Regina, aber Frau von Kanter lachte nur, das mußt du mir nicht erzählen. Ich kenne dich. Du solltest weniger arbeiten und mehr auf dich achten, meine Liebe. Jeder braucht jemanden.

Auf der Lehrertoilette putzt sich Ernst ausführlich die Zähne. Einen kleinen Elektrorasierer und ein noch in Zellophan eingeschlagenes neues Hemd hat er auch dabei. Unter den mißtrauischen Blicken eines Kollegen hält er es sich vor den Bauch, es ist leuchtend blau und sehr auffällig, außerdem zeigt es deutlich sichtbare, maschinell erzeugte Bügelfalten, die Ernst peinlich sind. Haben Sie was vor, fragt der Kollege kopfschüttelnd. Nein, sagt Ernst, obwohl, doch, ja, ich besuche meinen Vater, wissen Sie. Na das wird ein Fest, sagt der Kollege, und Ernst beschließt, sich nicht gegen den Spott zu wehren, das sind Scheingefechte, was zählt, ist der Nachmittag. Als er seinen Rasierer aus der Ledertasche kramt, beugt der Kollege sich interessiert vor und schaut ihm ins Gesicht, Mensch Sander, Sie müssen ihn doch nicht küssen. Sie kennen meinen Vater nicht, sagt Ernst und ist überrascht über seine Schlagfertigkeit, auch der Kollege grinst anerkennend.

Als sie vor Haus Ulmen eintreffen, wird gerade ein Sarg herausgetragen. Das ist, seit sie zu den regelmäßigen Besuchern zählen, noch nie vorgekommen, denn die Heimleitung achtet auf höchstmögliche Diskretion und benutzt Hinterausgänge oder läßt die Toten auf den Zimmern, bis die Dunkelheit und das Abendprogramm im Fernsehen für den nötigen gnädigen Schleier sorgen. Natürlich haben alle den Tod ständig vor Augen, aber es besteht kein Grund, ihm bei seinem Handwerk zuzusehen, sagt auch Frau Sörens, vor dem Tod muß man Respekt haben, sagt sie, sonst bläst er einem die Kerze aus. Sie geht zu jeder Beerdigung, egal wen es trifft, da darf man nicht wählerisch sein, der Tod ist der Tod, und sie wirft den Herrschaften und ihrem Tod eine Rose auf den Sarg.

Gabriele schüttelt den Kopf, wenn sie Frau Sörens im schwarzen Kostüm, mit schwarzen Netzstrumpfhosen und der langstieligen Rose sieht, die aus der Handtasche ragt. Todschick, spöttelt sie, mit wem gehst du denn heute aus, und keine Kosten scheut sie, die Frau Sörens. Dann wird Frau Sörens pampig, die zwei Euro, schimpft sie, du Geizhals, das kann man den alten Dingern doch gönnen. Bitte, murmelt Gabriele, bitte, wer es sich leisten kann. Die merken es ja doch nicht mehr. Und wer soll den Kuchen backen. Aber an Beerdigungstagen kennt Frau Sörens kein Pardon, der Ofen bleibt kalt, und sie stellt ein handge-schriebenes Schild auf, das immer griffbereit hin-ter den Kochbüchern klemmt, weil man in Haus Ulmen nie weiß, wann man es braucht: Wegen Trauer geschlossen.

Regina und Ernst stehen vor dem Eingang, werfen sich einen ersten Blick zu, Regina sieht leuchtendes Blau mit schülerhaften Bügelfalten, Ernst frisch gewaschene, hoch geföhnte Haare, sie versuchen, sich an die Momente in der Sauna zu erinnern, aber schon schiebt sich der Sarg da-zwischen, riesig und aus makellosem schwarzem Kunststoff, auf einem elektrisch betriebenen Fahr-zeug, mit dem der Sprudelmann sonst Getränke-kisten abholt. Wie häßlich, sagt Regina entsetzt, gibt es denn nichts Besseres, und Ernst sagt, der ist nur zum Transport, und dann durchfährt sie beide derselbe Schreck. Er durchschießt ihre Mägen und steigt brodelnd in ihre Kehlen, es wird doch nicht etwa, flüstert Regina, ganz sicher nicht, ruft Ernst, das kann gar nicht sein, und sie drängen durch die Drehtür, vorbei an den Immergleichen, die sich nach Kräften sogar erhoben haben und sich am Fenster auf ihre Stöcke lehnen. Ihre Gesichter sind still und etwas verlegen, wie immer, wenn sie dem Tod zu nahe kommen und zugleich mehr von ihm sehen wollen. Wer hätte das gedacht, sagt eine, und die anderen nicken demütig.

Schwänzen wird bestraft, denkt Regina und verfällt in einen Trab, Ernst hinter sich hat sie vergessen, sie ist sich nun sicher, daß Frau von Kanter in dem Sarg liegt und dieser Fluch ihre Freiheit für immer vergiften wird. Sie ballt die Faust, aber Aufmüpfigkeit hat keinen Sinn mehr und wird nie mehr Sinn haben. Ernst findet die Strafe zu hoch, auf Sauna steht nicht der Tod, denkt er, das kann nicht sein, aber er weiß auch, daß oft geschieht, was nicht sein kann, und er spürt einen Schweißausbruch, der das blaue Hemd innerhalb von Sekunden durchnäßt.

Die Flure im Erdgeschoß sind still. Hinter den Türen sitzen, wie immer, still Frau von Kanter und der Professor. Ihre Kinder ringen nach Luft und schließen kurz die Augen, öffnen sie wieder und vollbringen, jeder für sich, eine gelassene Begrüßung. Der Tod steht noch in den Gängen, als sie sich nach weniger als einer Stunde am Springbrunnen treffen. Sie blicken sich stumm an. Und, sagt Ernst schließlich. Hat sie gemeckert, daß du am Dienstag geschwänzt hast. Sie kann ja nichts sagen, ich habe die ganze Zeit geredet, sagt Regina. Und bei dir. Er hat es nicht mehr gewußt, sagt Ernst, wahrscheinlich noch nicht mal gemerkt. Also mußte ich es zugeben. Ich habe ihm alles erzählt, daß ich nicht da war, daß ich dich in der Sauna getroffen habe. Er hat mir freundlich zugenickt, keine Sorge, mein Junge, hat er gesagt. Da kamen mir die Tränen. Auch jetzt hat Ernst feuchte Augenwinkel. Im bläulichen Widerschein seines Hemdes ist sein Gesicht fahl wie alte Butter. Regina streckt einen Zeigefinger aus und tupft ihm auf die Brust. In der Sauna ging es dir besser, sagt sie, heute siehst du aus wie ein Schuljunge. Natürlich ging es mir in der Sauna besser, murmelt Ernst, dir doch auch. Haus Ulmen ist auf einem anderen Stern. In einer anderen Galaxie, sagt Regina mit Nachdruck. Meine Frau findet mich zu alt, sagt Ernst. Plötzlich lehnen sie aneinander und umklammern sich.

Von diesem Dienstag an lieben sich Ernst und Regina einmal die Woche. Sie schließen beinahe zeitgleich die Türen hinter sich, sie treten gemeinsam aus dem Heim und sorgen, indem sie direkt vor dem Eingang stehen bleiben und sich auf die Lippen küssen, für anzügliches Raunen und sehnsüchtiges Kopfnicken bei den Immergleichen. Sie rauchen neben Reginas rotem Golf gemeinsam eine Zigarette und atmen gemeinsam die Erlösung, während schon die Lust in ihnen aufsteigt. Sie nicken sich zu, vielleicht brechen sie in verhaltenes Kichern aus, als täten sie etwas Ungehöriges. Manchmal winken sie sogar den Immergleichen zu, aber niemand winkt zurück, obwohl Regina einmal gesehen haben will, wie sich eine Hand langsam von der Lehne löste, aber sie hat nicht gewartet. Wenn sie vom Parkplatz auf die Straße biegen, fühlen sie sich wieder mit Jugend beschenkt, frohlockend, gemeinsam im Auto, nur für diesen Abend, diese Nacht.

Sie fahren in die Beethovenstraße, wo Regina inzwischen Frau von Kanters Zimmer versperrt und den Schlüssel weggelegt hat, oder zu Ernst, der am Dienstagmorgen die Stofftiere wegräumt, Lilis Lego unter das Sofa tritt und sich dabei jedesmal versichern muß, daß er sich keines Verrates schuldig macht. Anfangs tranken sie in der Wohnküche oder auf Ernsts Balkon Kaffee oder Sekt zur Einstimmung und erzählten sich ein wenig voneinander. Ich wollte nie Lehrer werden, sagte Ernst, nur an die Hochschule, verstehst du. Wie dein Vater, sagte Regina. Nein nein, rief Ernst, gar nicht, ich war ja, ich meine, ich habe Geschichte studiert, davon hat mein Vater keinen Schimmer. Das glaube ich nicht, sagte Regina, das hängt doch alles zusammen, aber Ernst ereiferte sich und erklärte ihr die Unterschiede, bis er sah, daß sie nicht mehr zuhörte. Ja, sagte sie, Eltern sind anstrengend. Was hat das damit zu tun, fragte Ernst, und Regina schaute auf seine schorfigen Ellbogen und sagte schnell, genug geredet, und sie mußten sich dann rasch ausziehen, um den Übermut nicht zu verlieren.

Ohne einen Rest von Übermut wäre es nicht möglich, sich die Strümpfe von den Füßen zu zupfen, Gürtel und Büstenhalter aufzuschnallen, Hosen über die Schenkel zu zerren, die neuen Hemden und Blusen abzuschütteln, ohne sie zusammenzulegen. Sie tun es jeder für sich, mit eingezogenen Bäuchen und leicht abgewandt, auch wenn sie sich aus den Augenwinkeln zusehen. Wieder kalte Zehen, denkt Regina, ob ihn das stört, und Ernst sorgt sich um den bitteren Geschmack im Mund, das muß sie doch auch schmecken, er hätte die Zigarette ablehnen sollen, und dann treten sie zueinander und schließen die Augen und betasten sich langsam. Reginas kalte Fingerspitzen wandern über Ernsts gewölbten Bauch. Er greift sich ihre Hände und birgt sie in seinen Achselhöhlen.

Es ist besser, wenn wir nicht sprechen, sagt Regina. Warum denn, flüstert Ernst, ich will dich doch kennenlernen. So lernst du mich viel besser kennen, sagt Regina. Aber du hast mir noch nichts erzählt, beharrt Ernst, ich weiß noch nicht einmal, ob du Kinder hast oder noch mehr Liebhaber oder was du gerne ißt oder ob du dich vor Spinnen ekelst. Nein, sagt Regina, vor Spinnen nicht.

Am Erntedankfest haben sich Ernst und Regina auf dringende Einladung der Heimleitung für den Sonntagsbesuch entschieden, insgeheim fest entschlossen, den Dienstag dafür freizunehmen. Die Heimleitung hat orangefarbene Zettel mit kleinen lächelnden Kürbissen drucken lassen, die zum Gottesdienst und Herbstbazar auffordern, und so sitzen Ernst und Regina nebeneinander ganz hinten im umgeräumten, herbstlich geschmückten Speisesaal, Frau von Kanter döst im Rollstuhl, während der Professor unruhig in seinen Taschen kramt, mein Stift, flüstert er laut, ich brauche etwas zum Schreiben.

Andere husten oder scharren mit den Schuhen, ein ständiges Wispern und Raunen hängt über den Stuhlreihen, das auch nicht verebben will, als der Pfarrer das erste Lied anstimmt, Danke für diesen guten Morgen, und einige brüchige Stimmen einfallen. Herr Lukan sitzt zusammengesunken in der ersten Reihe und starrt auf die aufgehäuften Gemüsesorten neben dem Altar, in Körben stehen Kartoffeln, Äpfel und Kürbisse herum, verziert mit geflochtenen Bändern und Getreidegarben. Jemand hat sogar eine Heugabel an das Klavier gelehnt. *Apple crumble*, flüstert Frau Hint ihm zu, das habe ich in England gerne gegessen, mit Zimt und Vanillesoße, die heißt dort aber anders. Herr Lukan senkt die Wimpern. Der Herbst, sagt der Pfarrer, ist die Zeit der Ernte, wir bekommen zurück, was wir gesät haben, und alles ist reichlich. Reichlich, erklingt ein Echo in den vorderen Reihen.

Regina und Ernst berühren sich nicht, aber beim zweiten Lied stehen sie gleichzeitig auf, ohne sich anzusehen, drängen sich an den Rollstühlen vorbei und stehen sich im kleinen Fernsehzimmer gegenüber, bevor die zweite Strophe beginnt. Sie lehnen sich gegen die Tür, das geht nicht, flüstert Regina, das kann man nicht machen, während Ernst seine Hände hinter ihren

Rücken drängt und sie so fest an sich preßt, daß sie verstummt. Schweigend, mit weit geöffneten Augen fingern sie an ihren Knöpfen, Gürteln und Reißverschlüssen. Ernsts Hose rutscht auf die Knie und hängt um seine Waden, aber er bückt sich nicht. Regina sieht es sowieso nicht, Gier und eine süße Verwegenheit und die überwältigende Angst, entdeckt zu werden, halten ihr die Augen fest geschlossen. Rasch schieben sie sich ineinander. Ein heftiges Luftholen, das auch ein Schluchzen sein kann, Regina hält Ernst die Hand über den Mund, und sie verharren noch einen Augenblick, Stirn an Stirn. Dann stopfen sie die Hemden in die Hosen, fahren sich mit den gekrümmten Fingern durch die Haare, sitzen gleich wieder auf ihren Plätzen und hören den Segen des Pfarrers. Ich sollte öfter Röcke tragen, denkt Regina, das sagt Mama auch immer. Sie ist erhitzt und am Hals rot angelaufen, und Ernst greift beim Vaterunser, das sie beide nicht mitsprechen, nach ihrer Hand. Regina sieht Frau von Kanters langsamen Blick über die Hände und das heiße Gesicht ihrer Tochter wandern und weiß, daß sie es nun weiß.

Später trennen sie sich, Ernst geht mit dem Professor über den Herbstbazar, der sich über den ganzen Eingangsbereich bis zum Springbrunnen erstreckt, und hört sich die verschachtelten Gedankengänge seines Vaters an, während er Wichtelzwerge aus Walnußhälften, selbstgestrickte Socken, Mobiles aus Korkenzieherhasel und Hagebuttenmännchen begutachtet. Schon früher konnte er den Ausführungen des Professors nicht folgen, aber es störte ihn nicht, er war stolz, wenn die volle Stimme durch geschlossene Türen drang, weil der Professor seine Vorträge laut übte, während er über den Hausaufgaben hockte, vor Anna und später vor dem Fenster, in den dunklen Garten hinausschauend. Üb doch mit mir, hatte Ernst nach Annas Tod vorgeschlagen, aber der Professor wehrte ab, ich will dich nicht langweilen, das ist nichts für dich. Bitte, rief Ernst, das interessiert mich, wir probieren es, bitte, und er hockte sich in die linke Sofaecke, wo Anna mit einer Decke über den Knien und gerunzelter Stirn gelauscht hatte, aber der Professor weigerte sich. Ernst war nicht gekränkt, er murmelte Lateinvokabeln und zeichnete Sinuskurven, wohlig umspült von der verläßlichen Klugheit des Vaters.

Eigentlich hat sich doch wenig geändert, denkt Ernst, er ist allein und redet, und ich höre zu und verstehe nichts. Er kauft für Lili einen Stern aus Wäscheklammern und für Regina eine gehäkelte Rose mit Drahtstiel und wird von einer Dame des

Bastelkreises beschämt, die ihm kleinlaut das Geld abnimmt und sagt, ich würde es Ihnen ja auch schenken. Gleich lobt Ernst die Zartheit und den Einfallsreichtum des Gebastelten, aber die Dame spürt das Mitleid und wehrt sich, nein nein, das taugt alles nicht, Sie sollten mal sehen, was ich früher stricken konnte. Sie hebt die Hände, und Ernst sieht, daß die Finger knotig und steif nach innen gekrümmt sind. Ihm fällt nichts mehr ein, und hilflos lächelnd wendet er sich dem Professor zu, der murmelnd in der Mitte des Raumes steht.

Regina ist mit ihrer Mutter in der Tanzvorführung von Frau Halter gelandet, die, inzwischen deutlich gerundet, stolz am Kassettenrecorder herumdreht. Als die Musik losbricht, schüttelt Frau von Kanter heftig den Kopf und wirft Regina drohende Blicke zu, aber es ist zu spät, den Raum zu verlassen, sie sind eingekeilt, und vorne schwenkt der Tanzkreis zu Polkaklängen die Arme. Frau Halter springt geschmeidig hin und her, macht Klatschbewegungen und bringt die Zuschauer tatsächlich dazu, mitzuschunkeln und im Takt zu stampfen. Schwiegersöhne, Nichten und Enkel klatschen gegen die tiefe Traurigkeit der Darbietung an, ein verzweifelter Karneval bricht los, zu dem die Heimleitung, als endlich alles vorbei ist, Frau Halter mit einem dicken Strauß Astern gratuliert. Frau Halter preßt die Blumen gegen ihren Bauch und wirft Kußhände ins Publikum. Der Tanzkreis nickt sich verlegen zu. Hinter den Gesichtern schimmern die Tänze einer anderen Zeit. Regina dreht sich zu Frau von Kanter um und sieht in ihren aufgerissenen Augen das große Fest in der Beethovenstraße, zu ihrem Sechzigsten, als der eigens gemietete Pianist einen Tusch anschlug und alle die Sektkelche hoben und sogar Regina kurz den Atem anhielt, als die Jubilarin die Treppe herunterkam, weil ihr grünes Abendkleid im neu installierten Halogenlicht echsenartig schillerte und die sechzig Jahre wie ein Triumph um sie standen.

An diesem Abend kehrt Frau Hint, der das Erntedankfest nicht gefallen hat, nach der Tagesschau unbemerkt in Herrn Lukans Zimmer zurück. Er liegt auf dem Rücken, die Augen halb geschlossen, von Maik bis zum Kinn zugedeckt. Frau Hint schiebt sich im Morgenmantel durch den Gang in sein Zimmer, es dauert seine Zeit, aber niemand sieht sie. Durch den dunklen, ein wenig bitter riechenden Flur tastet sie sich, am Medizinschränkchen vorbei, bis zu seinem Bett. Neben dem

Nachttisch steht ein Stuhl, den sie sich vorsichtig an die Bettkante zieht.

Ihr Herz schlägt kräftig, als sie unter der Bettdecke nach seiner Hand sucht und dabei sein Gesicht im Auge behält. Er zeigt kein Zeichen des Erschreckens. Die Augen bleiben halb geschlossen, zwischen den Lippen brodelt es leise. Seine Hand ist weich und trocken wie immer. Frau Hint beugt sich vor und sagt leise in sein Gesicht, Erntedankfest, das ist doch zum Lachen. Früher war ich auch nie in der Kirche. An Weihnachten, da rannten ja alle, aber ich, ich saß schön gemütlich zu Hause vor dem Fernseher. Wofür sollen wir denn danken. Ich weiß nicht, was am Herbst so schön sein soll. Wenn Sie mich fragen, ich habe den Frühling lieber. Sie lacht leise und drückt Herrn Lukans Hand, und es scheint ihr, als hebe ein leichtes Lächeln seine Mundwinkel.

Ernst, der Regina im Gewühl der herbstlichen Besucher aus den Augen verloren hat, klingelt um dieselbe Zeit in der Beethovenstraße. Das ist gegen die Abmachung und unvernünftig, weil er morgen früh aufstehen und vor der ersten Stunde Klausuren kopieren muß, aber die gehäkelte Rose leuchtet auf ihrem Drahtstengel und kann nur heute verschenkt werden. Als Regina die Tür einen Spalt öffnet, hört Ernst aus dem Wohnzimmer den Sonntagskrimi schallen. Mit einer großartigen Verneigung streckt er ihr die Rose entgegen. Statt zu lachen, steht Regina starr in der Tür. Ernst wedelt mit der Rose und sagt, darf ich reinkommen. Immer noch rührt sich Regina nicht, Ernst weiß nicht, was er tun, ob er sich entschuldigen oder sie einfach umarmen soll, da sieht er, wie ihr Mund anfängt zu zittern. Die Nasenflügel blähen sich, sie preßt eine Hand vor die Augen und fängt an zu schluchzen. Er legt die Rose auf den Briefkasten und nimmt sie am Arm, führt sie zurück ins Wohnzimmer und hält sie, während die Kommissare auf dem großen Bildschirm, den noch Frau von Kanter angeschafft hat, in ihren Wagen springen.

Im Trösten ist er geübt, jedes Wochenende Lilis heftiges Weinen, wenn er ihr verbietet, das holzfreie Briefpapier zu Schnipseln zu zerschneiden oder mit dem Yoghurt Schlieren auf den Tisch zu malen, und ihr stilles Heimwehwimmern, das hemmungslose Geschrei bei jeder Schramme, ihr feuchtes Gesicht an seinem Hemd, und, am schwersten, ihr rätselhafter tränenfreier Kummer am frühen Abend, wenn sie aufrecht am Tisch sitzt und auf ihre Hände starrt und auf seine Fragen nur den Kopf schüttelt. Dann stellt Ernst ihr ein Glas Milch in Reichweite und wartet im Hintergrund, bis sie anfängt, herumzurücken und nachdenklich ihr Haar zu zwirbeln, sich am Bauch zu kratzen, und wenn sie leise seufzt und einen Schluck Milch nimmt, ist der Bann gebrochen.

So versucht er es auch mit Regina, er stellt den Fernseher aus, holt ihr einen Sprudel aus der Küche, setzt sich ihr gegenüber und wartet. Regina tupft an ihren Augen herum und holt zitternd Atem, die Füße mit den alten Socken zieht sie unter sich, so hat noch niemand sie gesehen. Frau von Kanter bestand auf gepflegten Hausschuhen zu jeder Uhrzeit. Schließlich trinkt sie einen Schluck, bewegt die Zehen, reibt ihre Lippen und schaut zu Ernst herüber, der im Sessel versunken ist und denkt, der Tröstende ist immer allein. Einsam sieht er aus, denkt Regina und denkt auch an die Umarmung im Fernsehzimmer und die dürren Arme der tanzenden Damen, während Ernst plötzlich Lili herbeisehnt und ihren glatten Hals, der nach frischem Teig riecht, und ihr Haar, das am Hinterkopf zu kleinen Nestern zusammenfilzt.

Was ist mit dir, fragt er leise. Ich weiß nicht, flüstert Regina, ich bin zu alt für dich. Ernst muß beinahe lächeln, das stimmt doch nicht, sagt er, das ist doch gar nicht wahr. Zu alt ist man nie. Vielleicht nicht nur für dich, flüstert sie so leise, daß Ernst sich vorbeugen muß, vielleicht überhaupt. Sie schauen sich hilflos an.

Schließlich sagt Regina, wir sollten uns nicht mehr sehen. Wir sollten wegfahren, sagt Ernst fast gleichzeitig und steht auf, in den Herbstferien sollten wir uns zwei schöne Wochen irgendwo machen, weit weg, nur für uns, in der Sonne.

TEIL ZWEI

*E*inen Monat später sind sie in Malaysia.

Mit diesem kahlköpfigen Wicht, denkt Frau von Kanter, wozu soll das gut sein, was muß sie sich denn beweisen. Mir kann sie doch nichts vormachen, ich habe sie ja gesehen, für so etwas habe ich einen Blick. Wie die Hint und der Lukan, traurig ist das, in dem Alter herumzuturteln, keine Würde, keine Scham im Leib. Das hat sich ja schon eine ganze Weile angebahnt mit der Hint und dem Lukan, dieses Gegrapsche, und mit Regina auch, ansteckend ist das, sie kann ja an keinem Mann vorbei, ohne Eindruck zu schinden, diese grelle Fröhlichkeit, obwohl das in ihrem Alter alles kein Spaß mehr ist, die Männer wollen dicke Brüste und flache Bäuche, da ist der kleine Kahlkopf keine Ausnahme, der wird sie satt haben, bevor sie den ersten Sonnenbrand hat. Seit Jahren sage ich ihr, sie soll sich jemanden suchen, der zu ihr paßt, aber sie stellt ja auf stur. Das hat sie von mir, denkt Frau von Kanter, und plötzlich spürt sie Stolz auf ihre zähe Tochter.

Den Besuchsdienst hat Regina auch bestellt, damit Frau von Kanter dienstags nicht vereinsamt, irgendeine Kirchentante wird das sein, vielen Dank, und Geld kostet das, Unsummen, der ganze Aufwand, sie sollte mit dem Professor darüber reden. Sie öffnet schon den Mund, als Maik hereinkommt und pfeifend die Bremsen an ihrem Rollstuhl löst, ich habe gehört, Ihre Tochter geht auf große Fahrt, Flitterwochen, er zwinkert ihr zu, da würden wir doch sofort mitkommen, oder. Frau von Kanter macht so heftige Kaubewegungen, daß er stutzig wird und sich über sie beugt, gleich gibt es Essen, ist alles in Ordnung? Maik riecht nach Zigaretten. Nichts ist in Ordnung. Frau von Kanter ist verlassen worden.

Im Speisesaal hält sie Ausschau nach dem Professor, dem es doch genauso gehen muß, aber er ist beschäftigt. Er hat seine Aufzeichnungen mitgebracht und das Essen zur Seite geschoben. Es ist nur eine Verstörung, sagt er laut, blickt auf seine Notizen und nickt beruhigend in die Runde. Niemand schaut hoch. Nur eine kleine Verstörung. Schon gut, Professor, murmelt jemand, haben wir kapiert. Aber der Professor läßt sich nicht beirren und klopft mit der Gabel gegen sein Glas, als wollte er einen Toast aussprechen. Eine vorübergehende Verstörung. Oder Störung, sozusagen. Nicht beim Essen, seufzt Frau Hint. Sie legt ihr Besteck zur Seite und nimmt eine Kartoffel zwischen Daumen und Zeigefinger, seufzt und pustet. Noch Nachschlag, die Herrschaften, ruft Maik über die alten Köpfe hinweg und schiebt den Metallwagen vorbei. Frau von Kanter schaut ihm nach und will eine Hand heben, die Enttäuschung hat sie hungrig gemacht, aber Maik hat sich schon abgewendet.

Herr Lukan ist nach vorne gesunken, die Stirn über den Kartoffeln. Eine Strähne hängt in die Soße. Na kommen Sie, sagt Maik und zieht Herrn Lukans Schultern hoch, gegen die Nackenstütze. Das ist ein Irrenhaus hier, schimpft Frau Hint, deren Backen sich um die Kartoffel runden. Nur eine Verstörung, verbessert der Professor. Frau Hint dreht sich nach Maik um, der am nächsten Tisch Kasseler austeilt, hören Sie, zischt sie durchdringend, Maik, das hält kein Mensch aus. Maik winkt Frau Hint zu und nickt ermutigend, in jeder Hand einen Teller, umwölkt von sattem Dampf. Herr Lukan sitzt kerzengerade an die Nackenstütze gepreßt, aber sein Gesicht ist verrutscht, und aus dem einen Mundwinkel läuft Bratensoße. Frau Hint zuckt mit den Schultern. Also wissen Sie, sagt sie sanft zu Herrn Lukan und fährt ihm mit der Serviette über die Lippen.

Die kleine von Kanter ist abgezwitschert, sagt Gabriele im Mitarbeiterzimmer und bläst auf Frau Sörens' schwachen Kaffee. Ich würde ihn ja stärker machen, sagt Frau Sörens, aber du weißt ja. Malaysia, seufzt Maik und verdreht die Augen, mit dem Lover. Maik, tadelt Gabriele und reibt sich zufrieden die Hände. Die kommt nicht wieder, sagt Maik. Würde ich auch nicht. Die hängt doch an ihrer Alten, sagt Gabriele. Kinder, mahnt Frau Sörens, laßt doch das Mädchen in Ruhe ihren Urlaub machen. Mit dem Professorensöhnchen, kichert Gabriele, das paßt doch wie Feuer und Wasser, und dann noch bei den Chinesen. Malaysia, sagt Maik. Ist doch alles dasselbe, sagt Gabriele, goldene Drachen, kleine braune Mädchen, die können massieren, das sage ich dir, und du kriegst alles billiger, vor allem Uhren. Mein Mann war ja schon mal da, mit dem Verein, einen Maßanzug hat er mitgebracht, spottbillig, und eine Taucheruhr, dabei ist er noch nie getaucht, mein Mann, und sie kichert haltlos. Also ich gönne ihr das, sagt Frau Sörens, blaß ist die immer um die Nase, die kann mal ein bißchen Farbe gebrauchen, und der Junge auch.

Schon am elften Tag kommt von Ernst eine Ansichtskarte, die der Professor an eine Flasche Sherry auf dem Nachttisch lehnt, nicht weil er Ernst vermißte, sondern weil ihm die architektonische Anlage des buddhistischen Tempels gefällt, von dem Ernst schreibt, die Rituale des Spendens und Opferns seien beeindruckend, zu den Füßen der Götter lägen kleine Münzen und sogar Früchte, die in der Hitze schnell verfaulten, und überall hingen rote Lampions mit Troddeln, die brennten für das Seelenheil der Spender. So etwas brauche ich auch, sagt der Professor vergnügt, wer weiß, wie es um mein Seelenheil bestellt ist, und er legt sich frühbarocke Vokalmusik auf, zum ersten Mal, seitdem er nach Haus Ulmen gezogen ist, und so laut, daß Frau Hint nebenan beunruhigt den Kopf hebt und unwillkürlich anfängt, sich in der Lendenwirbelsäule aufzurichten, denn Konzerten muß man mit geradem Rücken lauschen.

Als sie noch draußen und wendiger war, hatte sie ein Abonnement für das Symphonieorchester, das sie aber nur selten wahrnahm, weil ihr Sitznachbar, ein stattlicher Herr mit dickem Schnurrbart, sie nach jedem Satz leise fragte, wie es ihr gefallen hätte, und darauf wußte sie keine Antwort. Sie hatte in ihrem Leben weiß Gott schon genug Antworten geben müssen, bei der Zeitung war sie die Kummerkastentante, später Ratgeberin, von einem Tag auf den anderen ersetzt durch eine frisch examinierte Diplompsychologin, aber das machte ihr gar nichts aus, sie war es sowieso satt, Menschen etwas über das Leben zu sagen, das sie auch nicht verstand. Das Abonnement ließ sie verfallen und sah sich in aller Ruhe die Berliner Philharmoniker im Fernsehen an, nur das leichte Kitzeln des Schnurrbartes an ihrem linken Ohr vermißte sie dabei manchmal.

Die Musik dringt auch zu Herrn Lukan, der früher mit Musik nichts anfangen konnte, aber nun dürfen die Töne Einzug halten, es gibt keine Filter mehr, sie drehen sich langsam wie ein sommerlicher Mückenschwarm, legen sich übereinander zu einem leuchtenden Muster, das sich ständig verschiebt. Herr Lukan öffnet den Mund, auch durch die Lippen dringen sie ein, durch die Handflächen, er stößt den Atem heraus, den Klängen entgegen, bald wird es zuviel, er schnauft und versucht, den Kopf leicht zur Seite zu drehen, aber die Klänge legen sich um ihn wie eine geschlossene Faust.

Dieser alte Herr Lukan, sagt Regina in Malaysia, was denkt der wohl, ob der überhaupt noch denken kann. Du mußt aufhören zu denken, sagt Ernst, Herr Lukan ist zehntausend Kilometer weit weg, die sind alle auf der anderen Seite der Weltkugel, und wir sind hier. Er sagt das nicht zum ersten Mal, er sagt es schon morgens, wenn sie sich die Spuren der Nacht abgeduscht und den ersten frischgepreßten Orangensaft getrunken haben, während schwarze Äffchen ihre Gesichter an die Panoramascheiben des Frühstückssaales pressen. Später am Pool sagt er es noch einmal, wo stille Butler ihnen weiße Handtücher hinterhertragen und Regina sich in die Fledermausärmel ihres Bademantels einhüllt, als sei ihr kalt, und schweigend über das tintenblaue Wasser schaut. So blau kann doch Wasser nicht sein. Ob sie etwas ins Wasser kippen, murmelt sie, Farbstoff oder so. Sauerstoff. Gut, daß wir hier sind, sagt Ernst und steckt einen Fuß in das unglaubliche Blau, aber Regina denkt an ihren Verrat, sie hat sich nicht verabschiedet, nichts hat sie erklärt, weil sie Frau von Kanters verwundetes Lippenzucken nicht ertragen hätte, sie wäre dann nicht gefahren, aber wozu fahren, sagt Ernst, wenn du dich nicht frei machst.

Auch Ernst sieht nicht frei aus, er ist blasser

als die anderen Gäste, in den Kniekehlen und am
Rand seiner Badehose hat sich seine Haut gerötet,
und in der Helligkeit muß er die Augen ständig
leicht verengen, was ihm einen mißtrauischen Ausdruck verleiht. Im Hotelshop hat er sich Leinen-
schuhe mit Strohsohlen gekauft, die seine Füße
riesig aussehen lassen, und fünf Postkarten, die er
bereits alle verschickt hat, an seine Tochter wahrscheinlich, von der er so wenig spricht, daß es ihn
sicher große Anstrengung kostet. Die Anstrengung rührt Regina, sie schaut ihn an, wie er fahl
am Rande des schimmernden Pools sitzt, und
sie hockt sich hinter ihn, fährt ihm mit beiden
Händen durch die verschwitzten Haare und über
die sommersprossigen Schultern. Als er ihr wohlig entgegensackt, gibt sie ihm einen Stoß nach
vorne, er kippt ins Tintenblau, und ein Schauer
aus glitzerndem Chlor sprüht durch die lauwarme
Luft.

Bei der Mittagsliebe auf dem kolonialen Bett,
das würdevoll auf einem Podest ruht, hören sie
auf, die Bäuche einzuziehen, und flüstern sich Ko-
senamen ins Ohr, hier versteht niemand deutsch,
sie dürfen ruhig rufen und lachen, meine Güte,
wir sind gestandene Leute, wir können doch machen, was wir wollen, ruft Ernst. Zwischendurch
schälen sie runde Früchte mit stacheliger Haut,

deren Namen sie sich nicht merken können, die Mittagssonne brennt auf ihre Oberschenkel. Er fährt die Verästelungen ihrer Orangenhaut mit dem Zeigefinger nach, sie knetet seine Hüfte, was wir alles dürfen, flüstert sie, wer hätte das gedacht.

Hinterher, als sie auf der Terrasse Limettensaft mit Ananas trinken und den dicken englischen Kindern zuschauen, die sich mit nassen Handtüchern in die Kniekehlen schlagen, sagt Regina, das hätten wir auch in Holland tun können. Nein, sagt Ernst, eben nicht.

Abends essen sie, umspielt von Mücken, die lautlos und kleiner sind als zu Hause, scharfen, in Blätter gewickelten Reis und stoßen mit einem Palmenwein an, der Regina sofort hinter die Schläfen steigt. Wir sollten nicht reden, denkt Regina, und das sagt sie auch. Ich will aber alles von dir wissen, sagt Ernst, hier haben wir doch wirklich alle Zeit der Welt, und er stellt Fragen nach ihrer Kindheit und ihren Vorlieben, gegen die sie sich kaum wehren kann, und ob sie schon viele Männer gekannt habe. Meine Mutter wollte mich immer verkuppeln, sagt Regina, aber keiner war ihr recht, sie hat mich für Höheres vorgesehen. Ernst wird es unbehaglich. Ich wäre ihr auch nicht recht, sagt er leise. Regina zerrt mit einer Gabel die Blätter von den Reisklümpchen. Schnell fragt er, was würdest du denn auf eine einsame Insel mitnehmen. Meine Mutter, sagt Regina. Beide zucken zusammen, bisher hat es doch geklappt, Haus Ulmen ist auf der anderen Seite der Weltkugel, wie Ernst nicht müde wird zu betonen. Den malayischen Abend müssen sie für sich behalten, sie müssen es verhindern, daß Frau von Kanter und der Professor mit am Tisch sitzen, sonst können sie gleich einpacken. Schnell fragt Regina, und du, was würdest du mitnehmen, aber das hilft auch nicht, denn Ernst würde Lili mitnehmen, du solltest sie kennenlernen, sagt er leise, ich möchte, daß ihr euch kennenlernt. Auf einmal ist die Tafel umstellt, Frau von Kanter wartet hinter den Palmen, der Professor sitzt am Pool und macht Aufzeichnungen, Lili drängelt sich an Ernsts Knie und will mehr Wasser, weil ihr der Reis zu scharf ist, und morgen will sie ein schwarzes Äffchen zähmen und mit nach Hause nehmen, in ihrem Bett soll es schlafen, obwohl es stinkt und einen leuchtend roten angeschwollenen Arsch hinter sich her schleppt.

Ich bin dagegen, sagt Regina. Laß uns über etwas anderes reden. Aber worüber denn, ruft Ernst, worüber willst du denn reden, du erzählst ja nichts von dir. Dann verstummt er. Schweigend drehen sie die Weingläser zwischen den Fingern. Na also, denkt Regina, ich wußte es. Es geht nicht. Wir können einpacken.

Sie werden sehen, die Zeit vergeht im Flug, sagt die Betreuerin und verrückt ihren Stuhl, so daß sie in Frau von Kanters widerstrebendes Gesicht schauen kann, es ist doch schön, wenn die jungen Leute etwas erleben, haben Sie denn ein Foto da, damit ich mir Ihre Tochter vorstellen kann. Frau von Kanter preßt die Lippen aufeinander, die Betreuerin hat dünnes, schlecht geschnittenes Haar und sehr rote Backen und will Licht in den langen grauen Tag bringen, wie sie sagt, und nun hat sie Reginas Postkarte aufgespürt und wedelt damit durch die Luft, hat Ihnen die denn schon mal jemand vorgelesen. Liebe Mama, ich genieße den ersten Urlaub seit Jahren, das Essen, die Sonne, aber ich denke jeden Tag an Dich. Wenigstens das, denkt Frau von Kanter, während die Betreuerin jubelt, das muß Sie doch für Ihre Tochter freuen, was meinen Sie, was die Ihnen alles zu erzählen hat, wenn sie zurückkommt, und dann fängt sie an zu erzählen, was ihre eigene Tochter ihr erzählt, die Tochter reise gern in Krisengebiete der

Welt, um dort tätig zu werden, sagt die Betreuerin, das sei zwar schwer auszuhalten für sie als Mutter, aber es sei ihr doch lieber, die Tochter habe einen Sinn im Leben gefunden und lebe auch danach, dafür nehme sie auch die Angst um das Kind in Kauf, ob Frau von Kanter das verstehe.

Frau von Kanter rührt sich nicht, aber das merkt die Betreuerin nicht, die inzwischen am Fenster steht, auf die streitenden Vögel schaut und von Gott redet, Gott halte ja wohl seine Hand über Menschen wie ihre Tochter, die für andere da sein wolle, davon könne man ausgehen, sie spüre das mit großer Gewißheit, wie er ja überhaupt in dunklen Stunden zugegen sei, was Frau von Kanter sicher bestätigen könne.

Frau von Kanter denkt an ihre dunkelste Stunde, in der von Gott, den sie bis dahin allerdings arg vernachlässigt hatte, nichts zu merken war, als sie auf dem Küchenfußboden lag, die Gliedmaßen in spitzen Winkeln vom Körper abgespreizt, etwas Feuchtes, Stinkendes an ihrem Gesicht, ein zuckender Herzschlag in den Augen, die sich nicht mehr schließen ließen, weit aufgerissen starrten sie auf die schwarzen Fugen des makellosen Fliesenbodens. Die Gedanken sprangen glühend klar, unendlich beschleunigt durch ihren Kopf, Gott war nicht darunter und nichts, was früher war, es waren neue, nackte Gedanken.

Sie hat nicht bemerkt, daß die Betreuerin verstummt und hinter sie getreten ist, und zuckt nun zusammen, als sie eine Hand auf ihrem Kopf spürt. Gott segne Sie, sagt die Betreuerin, und gebe Ihnen Kraft. Frau von Kanter windet sich unter der Berührung, aber die Betreuerin gibt ihr einen kleinen Klaps auf den Nacken und winkt ihr zum Abschied, es ist ein neckisches Winken mit einer Spur von Triumph.

Ernst und Regina haben den restlichen Abend mit Palmenwein und Rumkaffee gefüllt und sich auf ihrem Podest ineinander verklammert. Früh am nächsten Morgen bricht Ernst alleine auf und läßt sich von einem Taxifahrer zum großen Tempel bringen. Die goldene Kuppel, von der sich Ernst etwas erhofft, schimmert schon von weitem zwischen halbfertigen Hochhäusern und Ruinen aus bröckeligem Stahlbeton, für die sich der Taxifahrer wortreich entschuldigt, *not good*, sagt er, *no money*. Langsam fahren sie an Garküchen und Blechhütten vorbei zur geschwungenen Treppe, an der Bettler und Kinder lagern und sich um jedes Taxi drängen. Auch die Kuppel ist, das sieht Ernst nun aus der Nähe, aus Beton, das unter dem Gold wegbröselt, aber das stört niemanden, laut redend eilen die Besucher die Stufen hoch und streuen Münzen nach rechts und links in die geöffneten Hände. Einige Münzen fallen daneben und werden, ehe die Gestalten sich mühsam danach strecken können, von wendigen Kindern zwischen verbundenen Füßen und aufgedunsenen Beinen weggeklaubt. Ernst zögert zu geben, dieses gönnerhafte Austeilen, peinlich, bis er in seinem Rücken ein Zischen hört. Ein Bettler mit einem Augenpflaster und eitriger Nase schüttelt fluchend die Faust hinter ihm, eine Verwünschung, ein böser Zauber, schnell holt Ernst Geld aus der Tasche, *sorry, I am sorry*, und wedelt besänftigend mit den Händen. Der Bettler verschließt das Geld in seiner Faust und schüttelt finster den Kopf.

Ernst eilt, einen Schauer von Münzen nach allen Seiten streuend, sorgenvoll nach oben, er muß schnell den Fluch tilgen und das Böse von sich wenden. Überall drängen Menschen, es wird nicht still, sie knipsen die goldenen Schreine und verschachtelten Dächer, manche essen, andere beten. Hinter einer rötlich glänzenden, bedrohlich grinsenden Statue stößt Ernst auf einen Andenkenstand mit winzigen Buddhas und Postkarten. Lange Räucherstäbchen ragen von den Wänden, Girlanden und Ketten aus Glasperlen, vor den Göttern häufen sich bräunliche Obststücke und zerschmolzene Kerzen.

Ernst weiß nicht, welche gut und welche böse sind und an wen er sich wenden soll. Die süßliche klamme Luft bedrängt ihn, er faltet die Hände und murmelt ein Gebet, aber von hinten stößt ihn eine Besuchergruppe, die auf Strümpfen hineindrängt. Vielleicht hätte er sich die Schuhe ausziehen müssen. Beklommen sucht er den Ausgang, gerät jedoch in einen betonierten Innenhof mit einem verschleimten Tümpel. Endlich ist es still. Ernst lehnt sich an die Brüstung und starrt erschöpft auf das grünliche Wasser.

Plötzlich sieht er die Schildkröten. Erst nur wenige Köpfe, die wie Stöcke in die Luft ragen, dann plötzlich überall schrundige Rücken, die sich langsam gegeneinander schieben, schuppige Beine, ein ständiges, fast lautloses Scharren, sie stoßen sich, drängen sich beharrlich übereinander, kleine kriechen über große, manche hängen fest, schief eingekeilt zwischen Panzern, und rudern mit den Pfoten in der Luft. Es müssen Hunderte sein. Niemand sieht sie. Er steht allein am Geländer und starrt auf das langsame Brodeln im Schlick.

Direkt unter ihm stößt ein riesiges moosiges Tier gegen die Umgrenzung und versucht sich gegen die Wand hochzuschieben. Ernst hört das trockene Schaben seiner Pfoten am Beton und sieht die starren, kreisrunden Augen. Stück für Stück richtet sich die Schildkröte auf, schiebt sich höher, bis sie beinahe aufrecht steht, ihr harter Kopf direkt unter Ernst, sie lehnt am Beton, noch zwei, drei Versuche, schon schwankt sie, kippt langsam nach hinten, während die Beine haltlos durch die Luft rudern, und schlägt auf einmal rückwärts in den Tümpel. Sie kann sich nicht umdrehen, er sieht den langsam pendelnden Kopf unter Wasser, die Bewegungen der Arme und Beine, ein hilfloses Winken, das immer langsamer wird. Ernst schließt die Augen. Dann sieht er sich um, als ob es Hilfe geben könnte, aber er ist immer noch allein.

Ihre Tochter sei in einem Kriegsgebiet, erzählt die Betreuerin dem Professor, der sie höflich empfangen hat, wie es seine Art ist, und ihr gerade den zweiten Whiskey einschenkt, er weiß nicht, wer sie ist, sie hat sich nicht vorgestellt, sondern behauptet, sie wolle ihm den langen Nachmittag ein wenig verkürzen. Dem Professor ist die Länge des Nachmittags noch nicht aufgefallen, ihm ist vielmehr, als sei das Frühstück gerade erst vorüber, aber weil er mit der Arbeit so gut vorangekommen ist und mehrere Seiten seines Notizbuches gefüllt hat, läßt er sich gerne für ein Weilchen unterbrechen. Die Dame nippt an dem Whiskey und erzählt von dem Krieg, von dem ihre Tochter erzählt. Ich bin 1927 geboren, sagt der Professor bereitwillig, um auch etwas zur Unterhaltung beizutragen, aber das interessiert die Dame wenig, kein Wasser in den Unterkünften, alte Pferdedecken, können Sie sich das vorstellen, sagt sie, alles verlaust, natürlich, meine Tochter mußte sich ihre herrlichen Haare abrasieren lassen, ein Jammer, das müssen Sie mir glauben. Haare wachsen wieder, sagt der Professor und leert sein Glas, und dann fällt ihm ein, daß auch sein Sohn in einem Kriegsgebiet ist oder zumindest in einem Krisengebiet oder etwas ähnlich weit Entferntem.

Der Gedanke bedrängt ihn auf einmal, er wird ganz fahrig und gießt sich noch einmal nach, während die Dame von Militärtransporten und dem jungen Sanitäter erzählt, den ihre Tochter kennengelernt habe, aber mit der Liebe sei es ja nicht so gut im Krieg, das könne sich ja nicht entwickeln, ihre Tochter wolle das auch gar nicht, sie wolle nichts für sich. Mein Sohn ist in, murmelt der Professor und sucht nach dem Wort, in diesem, diesem, Holland ist es nicht und Irland auch nicht, sie lebe für andere, sagt die Betreuerin, das sei sehr selten heutzutage, wie ja wohl alle wüßten, die Tochter habe es, das dürfe sie wohl in aller Bescheidenheit sagen, von der Mutter.

Der Professor versteht kein Wort, welche Mutter, sagt er und spült sich den trockenen Mund mit Whiskey aus, nicht Irland, Spanien auch nicht, er geht alle Länder durch, die ihm einfallen wollen, viele sind es nicht, es gibt doch mehr Länder, ruft er. Die Betreuerin bemerkt nun seine Erregung und will ihn besänftigen, Hunderte, sagt sie, oder sogar Tausende, man müßte es nachschlagen. Das beunruhigt den Professor noch mehr, wie soll er das richtige finden, das Land, in dem sein Sohn nun lebt, der Whiskey hat sein Gehirn umnebelt, er darf nichts mehr trinken. Er reißt der Betreuerin das Glas aus der Hand und gießt den Whiskey auf den Teppich. Sie sind schuld, sagt er heftig, er weiß es ganz sicher, man hat ihm die Dame auf den Hals geschickt, um ihn betrunken zu machen, damit ihm das Land nicht mehr einfällt. Die Betreuerin weicht zurück und schlägt ein gemeinsames Gebet vor.

Das Land, ruft der Professor und wird nun immer lauter, welches Land. Die Betreuerin geht rückwärts zur Tür, Litauen, schlägt sie vor, Dänemark, Äthiopien, mit der linken Hand sucht sie nach der Klinke. Nein, schreit der Professor, nein nein, Sie wollen sich drücken, Sie Feigling, Sie müssen mir das Land sagen, und er folgt ihr nach und greift sie an den Armen, sagen Sie es mir. Die Betreuerin ist bleich geworden und sträubt sich, aber sie kann seine Hände nicht abschütteln, die sich um ihre Schultern schließen, Ägypten, Australien, China.

Da stößt ihr von hinten die Tür in den Rücken. Maik schiebt den Kopf ins Zimmer, alles in Ordnung, Professor? Schnell drängt die Betreuerin an ihm vorbei in den Gang, der Professor greift ins Leere, mit ausgestreckten Händen steht er da und wird still, eine bittere Verzweiflung übermannt ihn, weil er seinen Sohn nicht mehr finden wird. Maik sieht die Tränen in seinen Augen. Ein Whiskeydunst steigt aus dem Teppich. Jetzt setzen wir uns erst einmal, Professor, murmelt Maik und geleitet ihn zum Sessel, in den er sich mit dem Gewicht der Trauer fallen läßt, ständig vor sich hin wispernd. Maik versteht nichts. Er geht vor dem Professor in die Hocke und fragt, was brauchst du. Der Professor hört auf zu wispern, räuspert sich und sagt mit seiner alten, klaren Stimme, ich brauche das Land. Malaysia, sagt Maik. Sie nicken sich zu. Dann schließt der Professor die Augen, und Maik verläßt leise das Zimmer.

Als Ernst zurückkommt, zwischen den Schulterblättern naßgeschwitzt und die langsamen Bewegungen der sterbenden Schildkröte vor Augen, sitzt Regina am Fenster. Weil die Klimaanlage röhrt, hört sie ihn nicht eintreten. Er steht in der Tür, den lächerlichen geflochtenen Schlüsselanhänger in der Hand, und schaut auf ihre müden Schultern. Wenn sie sich jetzt zu mir umdreht, haben wir noch eine Chance, denkt er, wenn sie spürt, daß ich da bin, wenn sie zu mir tritt und mir über die Augen streicht: Das wäre der Gegenzauber. Aber Regina krümmt nur ihre Finger und beugt sich über ihre Fingernägel, dann seufzt sie und bewegt den Kopf langsam hin und her, als sei er nicht richtig eingerastet. Ernst dreht sich um und tritt wieder hinaus in den Gang. Leise schließt er die Tür hinter sich.

In den nächsten Tagen bescheiden sie sich. Sie reichen sich zwar beim Frühstück den Brotkorb und die Reisschalen, die Misosuppe und die kleinen Tiegel mit den Soßen und Gelees, dann aber geht Regina am Strand blassen Sandkrebsen nach, die mit irrsinniger Geschwindigkeit ihre Haken schlagen. Unter einer krummen Palme liegt immer eine Frau in einem leuchtend blauen Sarong. Sie glänzt ölig und streckt geschmeidig ihre Arme nach hinten, aber Regina schaut nicht auf ihren gedehnten Körper und ihre wilden Haare, sondern auf das Kuschelzebra, das neben ihr auf einem faltbaren Strandhocker sitzt. Es ist so groß wie eine Blumenvase und aus Frottee und hat rosa Fußsohlen. Jeden Morgen lehnt die frisch glänzende Frau das Zebra gegen einen Stapel aus Zeitschriften, stützt es mit ihrer Sonnenbrille im Nacken ab und rückt es zurecht, bis seine Schnauze zum Meer zeigt. Manchmal steckt sie ihm noch eine feuerrote Hibiskusblüte hinter das Frotteeohr. Dann nickt sie zufrieden, macht ein Foto und läßt sich auf den Liegestuhl sinken. Die anderen Gäste haben das Zebra auch bemerkt, jeder schaut gleich, ob es an seinem Platz hockt, und die Kellner bringen ihm manchmal kleingeschnittene Mango und verbeugen sich vor der Besitzerin. Regina geht so dicht an dem Zebra vorbei, daß sie seine starren runden Äuglein und die ordentlich gekämmten Ponyfransen erkennen kann, die ihm die Frau jeden Morgen in die Stirn zupft.

Ernst bleibt am Pool, trinkt Minzwasser und tupft sich den Schweiß mit feuchten Frotteetüchern ab, die man ihm stündlich erneuert. Nachmittags essen sie farbige Salate und beobachten die Kellner, die in schattigen Grüppchen zusammenstehen und kauend über das Wasser schauen. Einer harkt Wellen in den Sand, ein anderer faltet Badetücher. Die hassen uns, sagt Ernst einmal. Das glaube ich nicht, sagt Regina und läßt sich eine Hängematte spannen, die in der warmen Feuchtigkeit so schlaff hängt, daß ihr Hintern den Sand berührt. Ernst versucht zu lesen.

Herr Lukan hält die Augen starr auf die Feile gerichtet, mit der Frau Hint ihm geduldig die Fingernägel rundet. Das Schaben reißt in seinem Kopf und wird auch nicht von Frau Hints stetigem Gemurmel gemildert, das macht doch sonst keiner, das wird doch brüchig, da muß man doch ein bißchen drauf achten, keine Angst, Herr Lukan, ich mach das jetzt öfter, dann gewöhnen Sie sich daran. Sie achtet seit einigen Tagen auch auf die Auswahl der Fernsehprogramme, einfach Kiste an, das ist doch nichts, was sehen Sie denn gerne, ich such Ihnen was Schönes raus, und auf die regelmäßige Belüftung des Raumes, da muß doch jemand drauf achten, eben auf all die Dinge, zu denen Maik und Gabriele keine Zeit haben, das darf man ihnen ja auch nicht vorwerfen, die tun, was sie können, aber ich kann noch ein bißchen mehr, sagt sie mit einem verschmitzten Lächeln und reißt die Verandatür auf.

Der Herbstwind fährt Herrn Lukan in den Nakken und treibt die Vorhänge nach draußen, er sieht zuckende Formen am Fenster und holt tief Luft. Frau Hint hört es, weil sie so nahe bei ihm sitzt, manchmal legt sie sogar die Hand auf seine Kehle, um die Vibrationen zu spüren, das mag Herr Lukan, er summt dann verhalten und dehnt den Hals ein wenig ihren Fingern entgegen. Ja was haben wir denn hier, stichelt Gabriele, wenn sie die beiden so entdeckt, ihr Turteltäubchen, aber Frau Hint hört gar nicht hin, das hat sie nicht nötig, sie macht, was sie will, und sie will Herrn Lukan, mehr als sie gedacht hätte. In Herrn Lukans Bad hat sie sich neben seinen Windeln ihre eigenen Feuchttücher bereitgestellt, für sich und falls es bei ihm ein Malörchen gibt, das stört sie nicht, auch der Gestank nicht, der sich ausbreitet, wenn Herr Lukan rot im Gesicht wird, die Lippen aufeinanderpreßt und leise schnauft. Früher war ich da ganz pingelig, erzählt sie ihm lachend, vor allem, wenn Männer im Haus waren, Lavendelduft und sonst gar nichts.

Daß nie Männer im Haus waren, erzählt sie nicht, denn sie hat es vergessen, sie erinnert sich doch an den Schnauzbart in der Oper und an Herren, die ihr in den Mantel geholfen haben, und an den Chefredakteur der kleinen Zeitung, der manchmal abends in ihr Büro kam, wenn sie den Kummerkasten zusammenschrieb und manches erfand, weil nicht genug Zuschriften gekommen waren, und sie an die Wand drängte, es schmeichelte ihr, die warme Redakteurszunge, der Druck an den Lenden, so jedenfalls erinnert sie sich, die entschlossenen Finger, Hornhaut an den Fingerkuppen, das kam vom Schreiben.

Eine Zeitlang hat ihr das gutgetan, mit den Männern, doch als es später weniger wurden, die Redakteursfinger fanden andere Brüste, die Blicke streiften sie und wanderten weiter, da war ihr das nur recht, es war ihr Leben, und sie brauchte keine Hemden zu bügeln, noch nicht einmal die eigenen, denn das Geld reichte für die Reinigung und, seit ihrer schwachen Stunde und dem Telefonanruf, den sie schon manches Mal bereut hat, sogar für dieses Irrenhaus, in dem sie gelandet ist und nun für frischen Wind sorgt. Bevor sie hinüber zu Herrn Lukan geht, richtet sie sich noch die Haare.

Gabriele will ja, daß sie immer klingelt, bevor sie aufsteht, aber das geht nicht, sie hätte dann keine Freiheiten mehr, und die braucht sie, nun wo Herr Lukan wartet.

Abends, wenn der Himmel sich in rosa Schlieren auflöst, wenn die Gäste in Lotusblüten gebadet und die rote Haut unter neuen Leinenhemden verborgen haben, wenn frisch gekaufter Schmuck die Ohrläppchen dehnt und die Kellner die ersten Servietten aufschütteln, so weiß, daß es schmerzt, von fünfzehn Mädchen im Wäschehaus steifgebügelt, dann gibt es einen Augenblick, der sogar die Klimaanlage zum Stocken bringt. Die Gatten und Gattinnen halten im Streiten inne, Krawatten ungeknüpft zwischen den Fingern, Hände im halbgefönten Haar, und schauen in das süße Licht. Der Pianist in der Bar, der zum ersten, tausendfach gespielten Stück ansetzen will, die Seidenmalerin, die Tag um Tag mit reichen Damen flirrende Meere malt und sich die brennenden Augen reibt, die Masseuse mit der Zigarette zwischen den Lippen und den müden Fingern, die Frau im Sarong und ihr frisch frisiertes Zebra, sie alle zögern, wie jeden Abend um diese Zeit, die gnädig über ihnen zittert, nur einen Moment.

Regina setzt sich auf, das Licht schluckt die Augenfältchen und geplatzten Adern und schenkt Ernsts Bauch einen samtigen Goldton, und fragt, was hast du im Tempel gemacht. Ach, sagt Ernst, das ist alles aus Beton. Hast du für uns gebetet, fragt Regina. Das ging nicht, sagt Ernst, es war zu laut. Mit Mama war ich in der Kathedrale von Wells, sagt Regina. Ich habe von meinem Taschengeld eine Kerze gekauft und aufgestellt, und dann habe ich gebetet. Sie verstummt. Was hast du gebetet, fragt Ernst und beugt sich vor. Regina stockt, dann sagt sie, ich habe gebetet, daß sie stirbt. Ja. Daß sie tot umfällt. Auf der Stelle. Sie schauen sich an. Verstehst du das, fragt Regina. Es hat nicht geklappt, sagt Ernst leise. Sie strecken gleichzeitig die Hände aus und halten sich an den Fingern. Irgend etwas ist im Tempel geschehen, flüstert Regina. Nein nein, sagt Ernst, da war nichts. Das ist es ja gerade.

Tagsüber malt Regina flirrende Wellen auf Seide, läßt sich Gesichtsmasken aus Kokossahne machen und schwimmt immer weiter hinaus, während Ernst unter den Fingern der Masseuse weich und weinerlich wird, sich hinterher mit kühlen Duschen am Pool und Spaziergängen zur Schmetterlingsfarm stärkt und gleich zwei neue Projekte für die Nachmittagsbetreuung an seiner Schule ausarbeitet. Ich bin nicht enttäuscht, sagt er zu Regina, als sie vor dem Essen anstoßen, unter den Blicken der Kellner, an die sie sich inzwischen gewöhnt haben, daß du Lili nicht kennenlernen willst. Und ich bin nicht enttäuscht, daß du nicht aufhörst, an sie zu denken, entgegnet Regina. Wir müssen nicht von früher reden, versichert Ernst ihr, und wie jeden Abend antwortet Regina, wir müssen gar nicht reden.

Ein wenig reden sie aber doch, während sie essen, scharfe Gemüsebällchen und Fleisch in Kokosmilch und halbgefrorene Früchte, Regina erzählt von dem Zebra, das heute in den Sand gefallen ist, von zwei Dienern abgeklopft und ge- kämmt wurde, Ernst von den Fingern der Mas- seuse zwischen seinen Rippen, von den grimmi- gen Gesichtern der schwarzen Äffchen, die von dem Minzwasser der Gäste kosten, bis ein eigens für sie zuständiger Diener sie wegscheucht, Re- gina von den zwei Engländern, die ihr am Strand hinterhergeschaut haben, sie hat die Blicke ge- spürt, sich aber nicht umgedreht, denn sie ist ja mit Ernst hier. Sie nicken sich zu. Wenigstens er- holen wir uns gut, sagt Ernst. Vielleicht sollten wir eine Urlaubsbekanntschaft führen, sagt Regina. Sie lachen, weil sie sich einig sind.

Nachts gibt es keine Enttäuschungen, die besonnten, gefütterten und durchgekneteten Körper wollen zueinander, wenigstens dies kann ihnen keiner nehmen, sie schlecken, ziehen und drängen, einmal sogar unter der Dusche, aber das war zu anstrengend, sie brachen mit zitternden Knien ab und konnten es sich sogar erlauben zu lachen. Wir sind frei, sagte Ernst hinterher triumphierend, als hätten sie eine Prüfung bestanden. Das war am vorletzten Abend, sie hatten vorher eine ganze, erschreckend billige Flasche Champagner geleert und wurden den säuerlichen Geschmack bis zum nächsten Morgen nicht los, obwohl Ernst sich dreimal die Zähne putzte.

Bevor man sie zum Flughafen fährt, sitzen sie noch einmal am Strand und wehren sich gegen den nächsten Dienstag auf einem anderen Erdteil. Ich werde mir freinehmen, sagt Regina, überhaupt werde ich mir öfter freinehmen, ich werde mich nicht mehr so einspannen lassen. Mehr für mich tun. Und was wirst du für uns tun, fragt Ernst. Regina dreht sich zu ihm und zupft ihm ein wenig sonnenverbrannte Haut vom Nasenrücken. Wir wollten doch ehrlich sein, sagt sie. Ernst legt den Arm um sie, das hat er jeden Abend geübt, wenn sie vom Speisesaal durch die fackelbeleuchteten Gänge zu ihrem Zimmer gingen. Das gute Essen hat Reginas Schultern gerundet. Ich habe noch gar keine Mitbringsel, sagt er gerade, da hören sie ein schrilles Gebrüll vom Wasser her. Einer der Engländer schlägt mit den Armen auf die Wellen und fuchtelt in der Luft, dann legt er den Kopf in den Nacken und jault in den lauen Morgen.

Gleich scharen sich Diener und Gäste am Strand, die Diener ziehen sich die Strümpfe von den Füßen, aber der Engländer stürmt schon durch das Wasser und wirft sich heulend auf den Sand. Um Gottes willen, ruft Regina, was hat er denn bloß. Sandverklebt ist er schon wieder in die Höhe geschossen, dreht sich um sich selbst und schlägt sich auf Bauch und Rücken, *jellyfish*, schreit er immer wieder, *jellyfish*. Die Gäste weichen zurück, als Diener mit einer der Schüsseln herbeirennen, in der abends das Fladenbrot gereicht wird, ein matschiger gelblicher Brei ist darin, den sie dem zuckenden Engländer gleich auf die Haut schmieren, der eine hält ihn fest, der andere klatscht ihm mit beiden Händen die Pampe auf den Rücken, zwischen die Beine, in die Achselhöhlen. Seine Beine zappeln noch, die Badehose ist ihm halb vom Gesäß gerutscht. *Good for jellyfish sting*, sagen die Diener lächelnd und schmieren ihm die letzte Handvoll Brei auf die Hinterbacken. Ein Grinsen breitet sich unter den Zuschauern aus.

Regina faßt Ernst an der Hand, und sie gehen schnell auf ihr Zimmer, wo die Koffer schon gepackt sind.

Die Heimleitung bestellt Frau Hint an einem Mittwoch morgen in den Bürotrakt, in dem sie nur bei der Anmeldung einmal gewesen ist, und das ist Jahre her. Alles in Cremetönen gehalten, sehr dezent, denkt Frau Hint und setzt sich ohne Aufregung in einen leicht wippenden Chromsessel, Aug in Aug mit der Heimleitung. Frau Hint, sagt die Heimleitung, die man selten zu Gesicht bekommt, deswegen schaut sich Frau Hint alles genau an, die Perlenkette, die passenden Ohrringe, das getönte Haar, wir freuen uns natürlich, daß Sie sich so gut eingelebt haben. Ich bin ja auch schon vier Jahre hier, sagt Frau Hint, oder sechs. So ist es, Frau Hint, sagt die Heimleitung, und es ist sehr wichtig, guten Kontakt zu den anderen Bewohnern aufzubauen, wir fördern das ja auch, wie Sie wissen.

Frau Hint nickt und denkt stillvergnügt an Herrn Lukan und erschrickt erst dann ein wenig, als die Heimleitung sagt, uns ist allerdings zu Ohren gekommen, daß Sie sich mit einer Intensität um Ihre Mitbewohner bemühen, die Ihrer eigenen Gesundheit vielleicht nicht zuträglich sein könnte. Frau Hint versteht nicht genau, was die Heimleitung meint. Wieso, sagt sie. Sie sollten die Nächte in Ihrem eigenen Bett verbringen, verstehen Sie, sagt die Heimleitung und beugt sich vor, bis die Brüste auf der Schreibtischplatte liegen. Nun wird es Frau Hint doch heiß, man will ihr die Besuche verbieten, jetzt versteht sie, aber sie beschließt, nichts zu sagen. Statt dessen schaut sie auf ihre Hände, bis die Heimleitung sich erhebt, den goldenen Herbst vor den Fenstern lobt, Frau Hint eine schöne Adventszeit wünscht und ihr weich die Hand drückt.

Gabriele wartet vor dem Büro, um sie zurückzubringen. Was meint der Boß, fragt sie gleich, die hat die Sache im Griff, sag ich ja immer. Frau Hint ahnt plötzlich, daß Gabriele der Heimleitung von ihren Besuchen bei Herrn Lukan erzählt haben könnte, und bleibt stehen. Na komm, Frau Hintchen, sagt Gabriele und zieht sie am Ellbogen, ab Marsch Marsch. Ich werde ihn weiter besuchen, stößt Frau Hint hervor, das ist mein gutes Recht. Sonst werde ich mich eben hier abmelden. Schließlich habe ich mich selbst angemeldet, da kann ich mich auch wieder abmelden, oder. Was denn was denn, murmelt Gabriele und schaut sie nicht an, nur keine Aufregung. Der Herr Lukan kriegt doch sowieso nichts mehr mit.

Frau Hint holt Luft und fühlt etwas Wundes in der Lunge, das sich schnell und brennend in ihr ausbreitet. Das ist nicht wahr, sagt sie laut, dann ruft sie lauter und stampft dazu mit dem Fuß auf den Boden, so heftig sie kann, das ist überhaupt nicht wahr, wie können Sie so etwas behaupten. Man hört nichts, weil der cremefarbene Teppich alles schluckt, aber das ist ihr egal, Sie lügen, schreit sie, ich mache, was ich will, oder ist das ein Gefängnis hier, wollen Sie mich einsperren.

Gabriele dreht sich rasch um, schon öffnen sich zwei Türen im Bürotrakt, frischer Kaffeeduft dringt heraus. Sie versucht, Frau Hint vor die schalldichte Glastür zu schieben, damit wenigstens die Heimleitung ungestört bleibt, aber Frau Hint entdeckt eigensinnige neue Kräfte in sich, fassen Sie mich nicht an, schreit sie, ich will mit Ihnen nichts mehr zu tun haben, gar nichts mehr, ich ziehe wieder aus. Gabriele, die schon die goldenen Haare der Heimleitung im Türspalt schimmern sieht, besinnt sich auf alterprobte Mittel. Ja ja Frau Hint, murmelt sie, kannst du ja machen, gute Idee, und jetzt ruckizucki Abmarsch.

Erschöpft setzt sich Frau Hint in Bewegung. Sie wird ausziehen. Sie wird eine schöne Wohnung im Parterre mieten, oder etwas mit Aufzug für Herrn Lukan, das Geld wird reichen, vielleicht kann sie gelegentlich einen Beitrag für die Zeitung schreiben, sicher ist sie noch nicht aus der Übung, das verlernt man nicht, und die Kontakte hat sie ja. Da biegt Maik um die Ecke, die Arme voller Medikamente. Maik, ruft Frau Hint und schüttelt Gabrieles Hand ab, und als Maik klirrend auf sie zukommt, was ist denn hier los, platzen ihr auf einmal die Tränen aus den Augen. Ich ziehe aus, will sie sagen, aber ihre Stimme knickt ab, und statt dessen greint sie mit einer schmalen Mädchenstimme, die ihr fremd ist, ich will ins Bett. Jetzt.

Maik holt sich, nachdem er Frau Hint eine Stunde vor dem Abendessen ins Bett gebracht hat, bei Frau Sörens einen Kaffee und geht nach draußen zu der Bank zwischen den Rhododendren, die der Freundeskreis Haus Ulmen e.V. gestiftet hat. Es dämmert schon. Von der Bank aus sieht er die Fensterfront des Westflügels, die Zimmer im Erdgeschoß, für die er zuständig ist, den erleuchteten Fernsehraum, wo der Bastelkreis gerade Herbstblätter auf Schnüre aufzieht. Er sieht Lichter angehen und verlöschen, gebeugte Gestalten in den Fluren. Jemand zieht im Personalzimmer die Vorhänge zu.

Maik versucht, nicht an Frau Hint und das hohe Wimmern zu denken, das nicht aufhören wollte. Er bewegt den Kaffee im Mund und spielt mit dem Handy in seiner Jackentasche, heute abend ins Kino und tanzen, denkt er, irgendwas Verrücktes, wen rufe ich an, doch schon schiebt sich wieder die weinende Frau Hint dazwischen, ihr schmaler Körper unter der Bettdecke, oben guckte nur der Kopf heraus, feuchte Haare in der Stirn, heiße nasse Backen, wie ein Kind, denkt Maik, der Kinder nicht mag und niemals welche haben will, weil er dann nicht mehr nachts tanzen gehen kann, und Hintern wischt er schon genug ab, aber dieses alte schluchzende Kind in den Kissen, das spukt ihm im Kopf herum, was haben die denn mit ihr gemacht, denkt er. Er hat Gabriele gefragt, aber die winkte nur ab, gemacht, gemacht, schnaubte sie, was soll denn das heißen, sie war eben bockig. Bockig sah Frau Hint gar nicht aus, Maik hat sich noch einen Moment zu ihr gesetzt und die Hand festgehalten, die unruhig zupfend auf der Bettdecke herumgewandert ist, und hat leise noch einmal gefragt, was denn los sei, aber sie hat nur die Augen geschlossen.

Wenn er Zeit hat, fragt er, jetzt weniger als früher, er fragt nach Berufen und Urkunden und Fotos an den Wänden. Sind Sie das, hat er Frau von Kanter gefragt und das kleine goldgerahmte Porträt unter die Lampe gehalten, das eine stolze Schönheit mit geschwungenen Augenbrauen und langem Hals zeigte, um den lose ein fedriger Schal geschlungen war. Frau von Kanter nickte, aber es war kein stolzes Nicken, eher gequält, und Maik hängte das Bild schnell wieder an die Wand. Er hat auch schon den Professor gefragt, was er im Krieg gemacht hat. Welchen Krieg genau meinen Sie, hat der Professor zurückgefragt. Maik war sich nicht sicher, welchen Krieg er meinte, es gab so viele im letzten Jahrhundert, also ließ er es lieber auf sich bewenden. Laß die in Ruhe, sagte Gabriele, das interessiert niemanden mehr. Warum haben sie dann Fotos an den Wänden, wendet Maik ein, und Gabriele schnappt zurück, zum Abstauben. Halt dich da raus.

Wenn er in der Nachtschicht die alten Gesichter anschaut, denen der Schlaf die Lippen öffnet, die eingesunkenen Backen, weich ohne Gebiß, die ruhigen Finger, dann sieht er den Tod. Er bleibt stehen und schaut sich den Tod an, fast möchte er ihm grüßend zunicken, Ehre, wem Ehre gebührt. Doch beim kleinsten Hüsteln verzieht er sich, überläßt die Gesichter dem Schlaf und behält alles für sich.

Er kann ja auch kaum dem Professor oder Frau von Kanter oder sonstwem sagen, daß man den Tod in ihren Gesichtern sieht. Er sagt es auch nicht seinen Kumpels. Die Freundin hat es einmal am Geruch gemerkt, dem süßlichen Heimgeruch, den Maik mit nach Hause bringt und gleich abduscht, aber an dem Tag hat sie ihn vor dem Haus abgefangen, wollte ihn mit Sekt überraschen und wich zurück, bevor sich ihre Lippen berührten, wie riechst du denn. Ein ähnlicher Geruch steht in den Zimmern, wenn das Sterben beginnt, vor dem Frühstück noch nichts, dann ganz plötzlich ist er da, alle kennen ihn, sogar Gabriele, die das Fenster aufreißt und ihn gleich wieder loswerden will, aber er läßt sich nicht vertreiben, und nach ein oder zwei Tagen wird gestorben.

Heute abend, denkt Maik, nicht ins Kino, gleich tanzen, schließlich will ich auch meinen Spaß, das ist nicht verboten, auch wenn die Freundin über alle Berge ist, er ist ihr zu muffig, er lacht nie oder fast nie, und wenn, dann still in sich hinein, unheimlich ist das, und reden tun sie auch nicht, er fragt immer nur, was los ist, als sei sie krank, sie ist doch keine alte Schachtel, er braucht sie nicht zu betüteln. Sei doch froh, wenn ich für dich sorge, hat Maik gesagt. Ich brauche keine Windeln, hat die Freundin gerufen, ich will was erleben, reisen, Spaß haben, verstehst du. Natürlich versteht Maik das, er schlägt Malaysia vor. Und, höhnt die Freundin, woher soll das Geld kommen für die hübsche kleine Fernreise, du verdienst ja nichts. Das stimmt nicht, Maik verdient wenig, aber genug, um abends auszugehen: heute abend zum Tanzen.

Die Heimleitung, denkt Maik, die hat es gut, die sitzt da oben auf der Kommandobrücke, windelfrei, kein Schweiß, kein Blut, noch nicht einmal die Schreie hört man da oben, das ist ja alles schallisoliert. Manchmal wünscht sich Maik eine Schallisolierung im Schädel, das müßte man nachrüsten können, denkt er, das kriegt ja keiner mit auf den Weg, in der Welt draußen brauchst du scharfe Ohren und Augen, damit dir keiner was wegschnappt, aber hier drinnen, da wäre es gut, wenn du nicht alles hören und sehen müßtest, oder wenigstens nur gedämpft, wie die da oben. Dabei wäre Maik mit einer Schallisolierung im Kopf nicht mehr der, den alle brauchen in Haus Ulmen, so ein feines Gespür hat er, einfach alles merkt er, der junge Mann, man kann sich auf ihn verlassen, und das weiß auch die Heimleitung.

Zehn Tage nach dem Sommerfest hatte man für Maik einen Termin bei der Heimleitung anberaumt, um ihn auf dem laufenden zu halten, was die Planung anging, denn Haus Ulmen wird transparent geführt, die Mitarbeiter sollen nicht im dunklen tappen, gerade wenn es sich um erfreuliche Entwicklungen handelt.

Sie arbeiten sehr erfolgreich bei uns, Maik, stellte die Heimleitung fest und lehnte sich in der körperfreundlichen Sitzschale zurück, die alten Menschen mögen Sie, und Sie haben ein erfreuliches Vertrauensverhältnis etabliert. Maik rückte auf dem Besucherstuhl etwas nach hinten, um mit den Schuhen, die von der Mittagspause, als er schnell raus mußte, dreimal durch den Park joggen und Luft in die Lungen, noch einen Matschrand hatten, nicht an den cremefarbenen Schreibtisch der Heimleitung zu stoßen. Die Heimleitung beugte sich nach vorne, Maik, dessen Nase, seitdem er in Haus Ulmen arbeitete, unglaublich empfindlich geworden war, roch eine Sanddornpflegecreme und etwas Buttriges oder vielleicht Eigelb vom Frühstück. Der Heimleitung kringelte sich ein Löckchen gewollt spitzbübisch auf der gepflegten Stirn. Maik schaute auf das Löckchen, während die Heimleitung sich ausführlich, aber dezent räusperte, wie es vor jeder längeren Äußerung ihre Art war, und begann, ihm ein Angebot zu unterbreiten.

Wir möchten Ihnen etwas vorschlagen. Maik schaute rasch über seine Schulter, aber sie waren allein im Raum. Sie haben von Haus Birkengrund gehört, sagte die Heimleitung leise. Maik nickte. Jeder in Haus Ulmen hatte von Haus Birkengrund gehört. Frau Sörens hat vor zwanzig Jahren dort vier Wochen in der Küche ausgeholfen und bügelt sich seitdem, wie es dort üblich ist, jeden Morgen eine frische Leinenschürze. Der Neffe von Herrn Mutesius aus dem zweiten Stock hatte versucht, Herrn Mutesius dort unterzubringen, wurde jedoch ohne Begründung abgelehnt. Vor sieben Jahren muß es eine gemeinsame Osterveranstaltung gegeben haben, mit einem Kükenmusical und baumstammdicken Hefezöpfen. Haus Birkengrund ist älter, prächtiger, frisch renoviert und unerschwinglich. Man wird dort in Ehren alt, sagen die einen. Sterbehaus für Millionäre, sagen die anderen. Haus Birkengrund, sagt Frau Sörens, hat die größte, funkelndste Küche, die sich ein Mensch vorstellen kann, alles Edelstahl, sagt Frau Sörens, zehn Espressomaschinen in einer Reihe hintereinander, Dunstabzugshauben so groß wie Garagendächer, Backöfen, die sich selbst reinigen. Hab ich auch, sagt Gabriele verächtlich. Da ist das Leben ein Fest, sagt Frau Sörens. Und warum bist du dann nicht dort geblieben, schnappt Gabriele. Die nehmen eben nicht jeden, sagt Frau Sörens.

Ja, sagte Maik, klar. Man sucht dort eine Kraft wie Sie, sagte die Heimleitung, einen jungen sensiblen Menschen mit Potential. Wieso, sagte Maik. Sie könnten sich dort weiterentwickeln. Fortbildungen inbegriffen. Man ist dort auf dem neuesten Stand. Vom Gehalt mal ganz zu schweigen. Sind wir denn nicht auf dem neuesten Stand, fragte Maik. Die Heimleitung verengte die Augen und sagte freundlich, wissen Sie, junger Mann, natürlich fehlt es nicht an Gestaltungswillen, aber unsere Mittel hier sind eben doch begrenzt. Haus Birkengrund dagegen, die Stimme der Heimleitung verebbte, ihr Blick schwenkte von Maik auf die Bücherregale und die vergoldete Standuhr im Glasgehäuse, die das Gespräch mit einem sanften Schaben untermalte.

Ach so, sagte Maik und verschränkte die Finger. Die Heimleitung wartete. Man hörte das Schaben und von draußen das Jaulen eines Rasenmähers. Die Heimleitung wandte Maik ihr Profil zu und schenkte ihm weitere Sekunden. Dann drehte sie sich zu ihm, schwungvoll, die Ohrringe schlugen an die Wangen, und was meinen Sie. Ach, sagte Maik und dehnte die Finger, daß die Gelenke knackten und die Heimleitung unmerklich die Lippen aufeinanderpreßte, ach wissen Sie was. Er stand langsam auf, als müsse er noch überlegen, und dann schob er den Stuhl zur Seite und ging zur Tür, wissen Sie was, ich bin eigentlich ganz gern hier.

Er schaut auf die Lichter, friedlich ist das von hier aus, ein erleuchteter Adventskalender, ein Törchen schließt sich, eins öffnet sich, und vor dem hellen Grund im Erdgeschoß steht eine schwarze Gestalt, gleich am Fenster, und winkt. Das kann natürlich nicht Herr Lukan sein, Maik hat ihn vorhin noch vor den Fernseher gesetzt, weil Frau Hints Besuch heute ausfiel, da saß er starr vor der Werbung, die Augen rollten hin und her, als suche er etwas. Und nun steht da jemand und winkt mit beiden Armen, winkt Maik zu, läßt kurz die Arme sinken, dann wieder. Maik stellt die Kaffeetasse neben sich auf die Bank und winkt zurück.

Am Eingang erwartet ihn Herr Mutesius aus dem zweiten Stock. Er schwenkt ein Blatt Papier und wirkt beflügelt. Sie können als erster unterschreiben, ruft er und hält Maik den Zettel vor das Gesicht. AUFRUF, liest Maik, FÜR VITAMIN-REICHE KOST. Herr Mutesius, es gibt gleich Abendbrot, sagt er. Eben, ruft Herr Mutesius, das paßt doch. Nun lesen Sie schon. Aufgrund zahlreicher Beschwerden haben sich die Heimsprecher entschlossen, ein Komitee zur Förderung nährstoffreicher und ausgewogener Kost in Haus Ulmen zu gründen. Ernährung ist entscheidend für physisches und psychisches Wohlbefinden. WIR FÜHLEN UNS NICHT MEHR WOHL! Unterstützen Sie uns mit Ihrer Unterschrift. Aber ich esse doch gar nicht hier, wendet Maik ein, nur manchmal, und Frau Sörens kann wirklich toll backen, finden Sie nicht. Fühlen Sie sich denn wohl hier, fragt Herr Mutesius.

Herr Mutesius beginnt, alle vitaminarmen Gerichte der letzten Wochen aufzuzählen. Dieser Grünkohl, sagt er erregt, der schwamm doch in Fett, und das Brathähnchen hatte gar keine Gemüsebeilage, das müssen Sie doch zugeben, und die Kartoffeln sind eine mehlige Pampe.

Die wenigen Immergleichen, die noch nicht in ihre Zimmer geführt worden sind, richten sich auf und nicken, ja, mehlig, genau, eine mehlige Pampe, mit festkochenden passiert so etwas nicht, da wird am Essen gespart. Herr Mutesius lächelt zufrieden. Maik möchte das sagen, was ihm seine Großmutter früher eingeschärft hat, viele haben gar nichts zu essen, möchte er sagen, aber dann sieht er das wichtige Lächeln des Herrn Mutesius und sagt, Zeit fürs Abendbrot, die Herrschaften.

Darüber wäre noch zu reden, ruft Herr Mutesius, Fertigprodukte, womöglich eingeschweißt, und diese Margarine, das mutet man doch keinem Schaf zu. Die ist aber cholesterinarm, sagt Maik freundlich und geht zu Frau Sörens in die Küche. Als er sich noch einmal nach Herrn Mutesius umdreht, sieht er die Immergleichen sich um den Aufruf drängen. Herr Mutesius verteilt Kugelschreiber.

In der gleichen Nacht wacht Frau Hint auf und weiß, daß sie erblindet ist. Sie ist von einer bläulich schimmernden Dunkelheit umgeben, mühsam streckt sie die Hand nach dem Bettlämpchen aus und drückt auf den Schalter, aber es passiert nichts. Sie preßt die Augen zusammen, reißt sie wieder auf, drückt vorsichtig auf die Augäpfel. Das Herz schlägt laut unter ihrem Schlüsselbein. Sie setzt sich auf und dreht heftig blinzelnd den Kopf hin und her, weil links die Terrassentür sein muß und rechts der Flur, so ist es immer gewesen, davon kann sie ausgehen, und dort brennt die ganze Nacht Licht, die Parklaternen, die Notbeleuchtung im Gang. Wir lassen dich nicht im Dunkeln sitzen, hat Gabriele in einer ihrer weichen Momente zwischen drei und vier Uhr nachts zu ihr gesagt, als sie noch neu war, den Lichtschalter nicht fand und plötzlich vor dem Personalzimmer stand, fröstelnd im dünnen Pyjama, damals kam sie noch ohne Gehwagen zurecht, Gabriele legte ihr den Arm um die Schultern, und wie ein müdes Liebespaar schlichen sie durch den Gang zurück ins Zimmer.

Der Wecker fällt ihr ein, dessen Ziffern beleuchtet sind, sie dreht sich um und stößt dabei an eine Kante, etwas fällt mit einem dumpfen Geräusch zu Boden und kreiselt auf dem Linoleum. Frau Hint sitzt still und hört plötzlich das ganze Haus Ulmen leise im Dunkeln atmen. Über ihr, neben ihr, sogar unter ihr dehnen sich die Wände und Decken aus und ziehen sich langsam wieder zusammen, die Türen, die Rohre und Leitungen, alles pulsiert im Rhythmus eines träge schlagenden Herzens, und in der Mitte sitzt die blinde Frau Hint in einer dichten, stumpfen Angst. Sie murmelt, wenn das je aufhört, lass' ich ihn nie wieder allein, nie wieder, das verspreche ich, und dann schließt sie die Augen und wartet.

Als Gabriele drei Stunden später die Rolladen hochzieht und sich zu dem lauten Schnarchen umdreht, findet sie Frau Hint halb sitzend an die Wand gelehnt, ein Kissen in den Armen, zwischen den Beinen ein großer Urinfleck. Ach du Schande, murmelt sie, aber sie hält sich zurück, sie wird nicht schimpfen, sie hat noch das Geheule von gestern im Ohr, das wollte ich ja nicht, hat sie ihrem Mann erzählt, der nichts von Haus Ulmen hören will, bleib mir weg mit dem Kram, sagt er immer, wir sehen noch früh genug die Radieschen von unten.

Aber diesmal mußte sie es loswerden und hat ihn mit Bierschaum an den Lippen und der Zeitung auf dem Schoß überrascht, man kann den alten Krabben doch nicht alles erlauben, hat sie schnell gesagt, bevor er die Fernbedienung fand, irgendwo hört es doch auf, wie die Kaninchen, das ist doch unappetitlich in dem Alter, also hat die Chefin der Frau Hint ein bißchen die Meinung gegeigt, aber daß sie dann den ganzen Abend das heulende Elend hat, das wollte ich ja nicht. Na die wird schon wieder, sagte ihr Mann, jetzt zerbrich dir mal nicht den Kopf, das steht dir nicht. Gabriele weiß, daß ihr das nicht steht, sie tut es auch selten, es bringt niemandem etwas. Sie hat es noch einmal laut gesagt, nur um ganz sicherzugehen, das bringt ja nix, sagte sie mit fester Stimme und spürte gleichzeitig ein banges Kribbeln in der Kehle, das sie gleich wieder loswerden mußte, und zwar ganz schnell, sonst würde das passieren, was ihr Mann Migräne nennt oder Geflenne, je nach Laune.

Einmal im Jahr erwischt es sie, niemand weiß es außer ihrem Mann, sie geht dann nicht zur Arbeit, liegt zu Hause im Sessel und schaut Fernsehen, während ihr die Tränen übers Gesicht laufen. Ihr Mann klopft ihr auf die Schulter und bringt ihr einen Kaffee, aber dann muß er los, und wenn sie sich abends noch nicht berappelt hat, kann er es nicht mehr hören und geht gleich wieder, in die Kneipe am Eck, und dann wird es nur noch schlimmer. Nur wegen der Hint und ihrem Geturtel, dachte Gabriele, die soll sich mal nicht so haben, in dem Alter ist eben Schluß mit lustig, und das sagte sie auch schnell, laut und kräftig und rettete sich damit, und als ihr Mann ihr zuzwinkerte und grinste, also bei mir ist nie Schluß, da konnte sie schon wieder lachen.

Komm Frau Hintchen, sagt sie nun mit all der Wärme, die in ihre Stimme paßt, und rüttelt Frau Hint an den Schultern. Frau Hint bewegt langsam den schiefen Körper, öffnet die Augen und schaut an sich herunter, als hätte sie noch nie ein nasses Nachthemd gesehen. Gleich ausziehen, sagt Gabriele, sonst frieren die Nieren. Frau Hint sieht auf ihre Finger, dann hoch zu Gabriele mit einem neuen verwunderten Blick. Was ist denn, fragt Gabriele, jetzt mal die Beine geschwungen. Ich sehe, sagt Frau Hint. Ist ja nicht so schlimm, sagt Gabriele, kann schon mal vorkommen.

TEIL DREI

*D*er Bastelkreis hat die Flure in Haus Ulmen mit herbstlichen Girlanden geschmückt, die gepreßten Blätter sind aber schon zu gekräuselten Fetzen zusammengeschnurrt und drehen sich in der trockenen Luft. Unverschämt gut sieht sie aus, denkt Frau von Kanter, als Regina mit einem Strauß Astern, einer Flasche Hohes C und einem Päckchen das Zimmer betritt, ganz unverschämt gut, und einen Schritt hat sie, fast wie ich früher, und ein wenig Stolz mischt sich unter die Wut, die seit drei Wochen in Frau von Kanter schmort. Wenn sie nur hätte schreien können oder keifen oder wenigstens zischen, sie hätte die Betreuerin davonjagen und Maik zusammenstauchen können, der immer wieder mit pfiffiger Miene auf Malaysia anspielte, auf das feurige Essen, die Liebe und die Sonnenuntergänge, er schien ihr damit ein Kompliment machen zu wollen, als sei sie es, die unter Palmen einem glatzköpfigen Beamten die Hosen aufknöpfte.

Was hat denn das mit Malaysia zu tun, hätte sie zischen können, das kriegen Sie in jedem billigen Hotel, sie hätte ihn über die Verklemmtheit ihrer

Tochter aufklären können, die nun auf ihre alten Tage noch jemanden an Land gezogen und sie hier sitzengelassen hatte. Früher war sie ja nicht unter die Leute zu kriegen, hat sich gewehrt, als wolle man ihr an den Kragen, jeder Sektempfang war eine Zumutung, und die Sachen, die Frau von Kanter ihr besorgte oder von Heinzi aus der Boutique mitbringen ließ, landeten gänzlich ungetragen und fein säuberlich gefaltet in Kartons unter ihrem Bett, es war ja nicht so, als hätte Frau von Kanter keine Augen im Kopf, auch wenn Regina ihr Zimmer meistens abschloß, aber eben nur meistens, und es war ja wohl nicht verboten, sich ab und zu mit dem Leben der eigenen Tochter zu beschäftigen, die sich nicht mitteilt, die Lippen nicht auseinanderkriegt, das Kind, je mehr man fragt, desto störrischer wird sie.

Ich wußte ja nichts von ihr, denkt Frau von Kanter, versucht habe ich es ja, ich habe ja gesehen, daß sie einsam war, Mütter wissen das eben, bloß hat sie sich nie geöffnet, ein bockiges Ding ist sie. Als Regina sie umarmt und ihr das Päckchen auf den Schoß legt, will sie die Hände auf ihr Gesicht legen, aber sie gibt nur einen glucksenden Laut von sich. Mama, sagt Regina, die sich vorgenommen hat, sich nicht zu entschuldigen, und hält die Hand fest, ich bin wieder da, hab dir auch was mitgebracht, Mama, schau mal, sie nimmt ihr das Päckchen wieder weg und wickelt es auf, das habe ich selbst gemalt. Frau von Kanter schaut auf ein Rechteck aus Seide. Rechts leuchten fleischige Blüten, links biegt sich eine Palme, darüber Möwen in Schwarz und Grau. Wir können es einrahmen, wenn du willst, ich meine, wenn es dir gefällt, sagt Regina. Warum sind die Möwen schwarz, will Frau von Kanter fragen, aber Regina hat das Seidenbild schon wieder zu einer festen Rolle zusammengewickelt und geht im Zimmer auf und ab, von wegen stumm und still, sie redet und redet, es gibt soviel zu erzählen, Mama, es hat mir so gutgetan, wenn erst die Fotos fertig sind.

Wenn erst die Fotos fertig sind. Die Fotos sind mir egal, denkt Frau von Kanter, was habe ich von den Fotos, was wird schon darauf zu sehen sein, dieser kahlköpfige Schmalhans wird darauf zu sehen sein, und Dinge, die ich niemals zu Gesicht kriegen werde, schwarze Möwen, schwarze Menschen, ich bin ja damals lieber in Europa gereist, dieses Herumplanschen in asiatischen Hotelpools ist doch lächerlich, das müßte man ihr einmal sagen, ich kann niemals mehr verreisen, auch nicht mehr nach Sankt Moritz, und nicht mehr nach Mürren, und nach London schon gar nicht, Frau Hint hat ihr einmal U-Bahnpläne von London zeigen wollen, da hat sie nur müde abgewinkt, wir beide wären uns dort nicht begegnet, hätte sie mit einem wissenden Lachen sagen wollen, aber sie kann ja nicht einmal mehr lächeln, das gibt bloß eine Fratze, das kann man eigentlich niemandem mehr zumuten, selbst der eigenen Tochter nicht.

Frau von Kanter sitzt ganz still und spürt, wie die Enttäuschung in ihr aufreißt, es ist keine Trauer, es ist das Gefühl, betrogen worden zu sein, das gilt nicht, möchte sie rufen, das muß wiedergutgemacht werden, so war das nicht vereinbart. Regina hat nichts gemerkt, mit ihrem atemlosen, ein wenig zittrigen Geplauder will sie mich umgarnen, sie denkt wohl, sie hat mich in der Hand. Frau von Kanter schließt die Augen und ballt die Hände langsam zu Fäusten.

Sie beschleunigt ihren Atem und steigert ihn zu einem Keuchen, immer noch steht Regina am Fenster und merkt gar nichts, aber gleich wird sie es nicht mehr überhören können, das Hecheln, dazu kommt ein gepreßtes, rhythmisches Stöhnen tief aus Frau von Kanters Brust, das sich wie Eselgeschrei anhört, die Finger krallen sich um die Lehne, jetzt reißt sie die Augen wieder auf und stößt auch mit den Schuhen auf die Fußablage des Rollstuhls, so heftig es eben geht, und biegt den Nacken zur Seite, längst hat es sich ausgeplaudert,

ist Regina an ihrer Seite und hat ihre Hände gepackt, Mama, bitte, Mama, warte Mama, ich hole
Hilfe.

Als sich alle um sie drängen und Frau von Kanter Reginas entsetztes Gesicht direkt vor sich hat,
hört sie auf zu trampeln, Regina hält die Hände,
damit sie nicht mehr durch die Luft schlagen, und
von hinten wischt ihr jemand mit einem Zitro-
nentuch die Spucke vom Kinn. Frau von Kanter
sinkt nach hinten, fast möchte sie lächeln, doch
das Stöhnen läßt sich nicht so schnell abstellen,
obwohl sie jetzt aufhören will, immer wieder
stößt es ihr in die Kehle, wird aber leiser. Wir sollten doch den Notarzt hinzuziehen, sagt jemand
von der Tür her, bei der Vorgeschichte. Aber es
ist doch schon besser, bittet Regina mit hoher
Stimme, ich bleibe bei ihr, Mama, ich bleibe bei
dir.

Drei Zimmer weiter wirbt Ernst um den Professor, der vornübergebeugt mit kleinen, rucken-
den Schritten hin und her hastet. Es ist nicht viel
Platz, fast prallt er gegen die Wand, muß schon
wieder kehrtmachen. Papa, ruft Ernst, bleib doch
stehen, du hast mich ja noch nicht einmal angeschaut. Willst du denn nicht wissen, wie es war.
Der Professor scheint nicht zu hören, er bewegt
die Lippen und trippelt zwischen Schreibtisch und

Bett auf und ab, bis Ernst es nicht mehr aushält. Er stellt sich ihm in den Weg und stemmt sich gegen den rastlosen Körper, Papa, was suchst du denn, was ist denn los, hast du meine Postkarte bekommen. Der Professor schüttelt unwillig den Kopf und drängelt gegen Ernsts Arme, dann wird er plötzlich schlaff. Wo ist Anna, sagt er. Du hast sie versteckt. Papa, sagt Ernst und holt Luft, während Malaysia sich in unermeßlicher Ferne langsam auflöst, du weißt doch, was mit Anna ist, mit Mama, meine ich. Sie ist gestorben. Unsinn, lacht der Professor, sie war doch neulich noch da, du brauchst mir gar nichts vorzumachen, du hast sie doch mitgebracht. Das war Lili, deine Enkelin, sagt Ernst, sie hat sich riesig gefreut, als ich wiedergekommen bin, ich habe ihr natürlich etwas mitgebracht, ein Stoffäffchen, die Affen haben dort schwarze Gesichter, und für dich habe ich auch etwas, Papa, jetzt mach doch mal auf.

Der Professor reißt das Papier von der zarten Marionette, die Ernst ausgesucht hat, weil ihr Gesicht still und ernst ist, wie von Barlach geschnitzt, und weil der Professor früher Kunst- und Kultgegenstände aus anderen Kulturen gesammelt hat, im alten Haus hingen sie an den Wänden, Schattenspiele, Schilder, Masken, deren hohle Augen Ernst als Kind ängstigten, aber der Professor steckte seine Zeigefinger durch die Löcher und wackelte mit den Fingerspitzen, bis Ernst lachen mußte. Auf die Marionette wirft er keinen Blick, er klemmt sie unter den Arm und sagt störrisch, gestern war sie hier, du hast sie zu mir gebracht, und jetzt hast du sie versteckt.

Ernst spürt eine verzweifelte Hitze, nein, denkt er, ruhig Blut, er kann nichts dafür, er macht das nicht extra, es sind chemische Prozesse, es ist das Gehirn, das hat nichts mit ihm zu tun, ich muß die Fassung bewahren, und zugleich beugt er sich nach vorne und reißt dem Professor die Marionette unter dem Arm weg, der schwarze Holzkopf hängt nach unten, die Fäden haben sich verworren, du bist krank, sagt er mit einer leisen scharfen Stimme, die mitten in das aufgeweichte Gehirn des Professors dringen soll, du kannst nichts mehr auseinanderhalten, es wird immer schlimmer mit dir. Er wartet, aber im Gesicht des Professors tut sich nichts. Wieder schüttelt er den Kopf wie ein alter Gaul, du hast sie, wo ist sie. Du bist nicht mehr wiederzuerkennen, sagt Ernst, ich kann nicht mehr mit dir reden. Du bist ein Gemüse.

Da hält er inne und erschrickt. Er hat etwas Verbotenes ausgesprochen, schon wieder, er gerät von einem Fluch in den nächsten, die tote Schildkröte, er muß es ungeschehen machen, schnell, bevor es zu wirken beginnt. Ich meine, so habe ich das nicht gemeint, Papa, sagt er rasch, versteh das bitte nicht falsch, ich bin noch nicht ganz da, ich rede Unsinn, der Jetlag, weißt du. Aber der Professor hat aufgehorcht. Ich bin noch ganz übernächtigt, Ernst kann nicht aufhören, ich meine, natürlich bist du kein, kein, er darf es nicht noch einmal sagen. Gemüse, fällt der Professor ein. Auf einmal schaut er Ernst wach und belustigt ins Gesicht. Nicht schlecht, sagt er heiter. Gemüse.

Auf dem Weg nach draußen bleibt Ernst kurz vor Frau von Kanters Zimmer stehen. Die Tür ist fest geschlossen, er hört kein Geräusch und geht rasch weiter. In der Plastiktüte liegt das Plüschäffchen mit dem schwarzen Gesicht, er weiß, daß es Lili gefallen wird, er braucht einen Erfolg, eine Umarmung, irgendein Willkommenszeichen, das den Fluch tilgen und ihm in der Nacht Schlaf schenken wird, aber dienstags ist kein Lilitag. Maik, der bei den Immergleichen mit Medikamenten hantiert und die Haare länger trägt als vorher, ruft quer durch die Halle, und hat es sich gelohnt. Was ist das für eine Frage, denkt Ernst, wie soll ich das wissen, wer kann das überhaupt wissen. Na billig ist es nicht, ruft er zurück, aber das Essen, und er macht ein paar genießerische

Schnalzlaute mit der Zunge, die Maik gar nicht hören kann, weil sich eine Immergleiche gerade an etwas verschluckt hat und harte kleine Hustengeräusche in ihre hohlen Hände stößt. Maik winkt ihm zu, während er auf die kantigen Schultern klopft, und schüttelt sich die Haare aus der Stirn, viele Haare, denkt Ernst, schön ist das. Seine Bräune ist hier drinnen zu einem gelblichen Schimmer geworden, und er tritt schnell ins Freie. Das Äffchen in der Tüte schlägt ihm ans Knie. Er wird es Lili bringen.

Als er in Lilis Straße einbiegt, ist es schon kurz vor sechs, er hat gehofft, sie noch am Spielplatz abzufangen. Er setzt sich auf eine Bank und hält nach ihr Ausschau. Es ist schon fast dunkel. Ernst hört Kinderrufe, die von den Hauswänden widerhallen, den Aufprall eines Balles, aber es ist niemand zu sehen. Die Luft ist rauh und riecht nussig. In Lilis Wohnung brennt Licht, sicher ist sie schon oben und ißt Salamistullen, Lilis Mutter schmiert die Butter auf die Brotscheiben, obwohl Lili das schon längst selbst kann.

Als Ernst vor dem Abflug bei ihr war, um das Nötige zu klären, haben sie darüber gestritten. Er durfte in die Wohnung und saß am Tisch, während Lilis Mutter Saft eingoß und die Butter aus dem Kühlschrank holte. Sie fragte nach der

Schule, er fragte nach ihrem Rücken, der immer wieder schmerzte, das wußte er, obwohl sie sich so rasch und geschickt bewegte wie früher. Als sie anfing, für Lili die Brote zu schmieren und in kleinen Häppchen auf ihrem Teller anzuordnen, sagte er so freundlich wie möglich, sie ist doch kein Kleinkind mehr. Glaubst du, du kannst ihre Entwicklung besser beurteilen als ich, entgegnete ihre Mutter. Nächstes Jahr wird sie eingeschult, laß sie doch ihre Brote selbst schmieren, rief Ernst, schon wurde er lauter, das gibt eine Schweinerei, behauptete Lilis Mutter, überall Butter, an den Kleidern, überall Fettflecke, das geht ja gar nicht mehr raus. Bei mir macht sie es sehr gut, hielt Ernst dagegen und verursachte damit einen Ausbruch, bei dir, bei dir, du bist ja sowieso der Beste, der König der Wochenenden, und ich muß mich jeden Tag damit herumschlagen, hast du eine Ahnung, du bist ja frei, du kannst tun und lassen, was du willst. Und jetzt fliegst du nach Malaysia. Das ist überhaupt nicht wahr, sagte Ernst, frei, daß ich nicht lache, wenn du wüßtest. Aber da sah er schon Lilis Gesicht, die Hände über den Ohren, die Augen fest zusammengepreßt, und verstummte.

Er will das Gesicht jetzt sehen, er will es über das Gesicht des Professors legen, über die mißtrauischen Augen, er will diesen rastlos drängelnden alten Mann vertreiben, der gegen ihn anrennt, als stünde er ihm im Weg. Er will nur, was alle wollen, die Haus Ulmen nach zwei oder drei Stündchen verlassen und sich plötzlich ihren Kindern zuwenden, wenn sie welche haben, sonst ihren Hunden oder Partnern. Die Kinder haben schon ihre Handys eingeschaltet oder die Kuscheltiere hervorgeholt, die man ihnen versprochen hat, wenn sie mit zu Oma kommen, und drehen sich nicht nach Haus Ulmen um. Die Eltern zupfen an den Kindern, fahren ihnen durch die Haare, richten ihnen den Kragen, riechen unauffällig an ihrem Hals, frischer süßer Schweiß, Seife, Butter, ein rasch wirksamer Gegenzauber, auch Hunde sind gut, die springen in die Luft, sobald sie durch die Schiebetür kommen, rennen auf dem Parkplatz hin und her, drahtig und stark, die freuen sich einfach nur, daß sie wieder draußen sind, ich brauche das auch, denkt Ernst. Regina hat niemanden, aber sie will es ja so, mehr als versuchen kann ich es nicht, versucht habe ich es nach Kräften, und sie auch, wir haben es beide versucht. Jetzt brauche ich Lili, ich habe ja auch das Mitbringsel, und er klingelt heftig, erst zweimal kurz, zweimal lang, wie ausgemacht, dann nimmt er den Finger nicht mehr vom Klingelknopf. Nichts rührt sich. Schließlich tritt er zehn Schritte zurück, er hat sich nicht getäuscht, das Licht brennt. Sie sind sicher zu Hause.

Regina packt ihren Koffer aus. Weil sie keinen Gegenzauber gefunden hat, sind ihre Bewegungen langsam, manchmal hält sie inne und kann sich nicht entschließen, die Hand noch einmal auszustrecken, noch eine Bluse zu nehmen, sanft auszuschütteln und über einen Bügel zu ziehen. Sie schnüffelt am Badeanzug, er riecht nach der preiswerten, aber guten malayischen Sonnencreme, nach dem Hartschalenkoffer, ein wenig auch nach Ananas und Tomatensaft mit Pfeffer. Die Fotos werden in vier Tagen fertig sein. Sie rollt ihr zweites großes Seidengemälde aus, an den Rändern ist etwas Farbe abgeplatzt, und überhaupt sieht die ferne, von Wellen umschäumte Insel im glitzernden Halogenlicht des Wohnzimmers sehr grell aus. Sie denkt an den wilden Tanz des von der Qualle verbrannten Engländers. Sie denkt auch an Ernst, der jetzt sicher bei Lili ist und aus Malaysia eine Menge mitgebracht hat, eine schwarze Holzmarionette, schmal wie der Tod, handgeschnitztes Salatbesteck, die Strohschuhe, die er hier kaum wird tragen können, weil sie sich bei der ersten Ahnung von Feuchtigkeit in Strähnen auflösen, sie könne sich, wenn sie Sehnsucht bekomme, bei ihm alles anschauen, hat er gesagt, aber vorgestern war sie nicht bei ihm und gestern auch nicht, es ist gut, daß er nicht enttäuscht ist, das erspart ihm einiges, und ihr auch. Lachend sind sie auseinandergegangen. Und er ist ja nicht aus der Welt, natürlich werden sie sich dienstags sehen, und wann immer ihnen danach ist.

Feste sind uns wichtig, steht auf der dunkelblauen Einladung der Heimleitung, sie geben dem Jahresablauf Halt und Sinn. Diesmal sollen die Angehörigen ein Jugendfoto des geliebten Menschen mitbringen, eine Fotowand soll nämlich erstellt werden, damals und heute, damit man zwanglos ins Gespräch kommt über früher und damit man in den alten Gesichtern die Schönheit der jungen Jahre entdeckt, so könne man dem alten Menschen eine Ahnung seiner Jugend zurückgeben, hat die Heimleitung neulich auf einer Fortbildung gelernt, die nun gleich umgesetzt werden soll, natürlich nur für einen Augenblick, aber Augenblicke seien in der Arbeit mit alten Menschen ja sowieso das, was zähle. Geld genug ist im Hause, und die Stellwände sind schon beschafft.

Aber auch die adventliche Stimmung soll nicht zu kurz kommen, der Bastelkreis hat die bröselnden Blättergirlanden durch kompliziert gefaltete Sterne aus Goldpapier ersetzt, einen Klassiker, der doch immer wieder seine Wirkung tut. Frau Sörens hätte beinahe echten Stollen nach dem Rezept einer Tante aus dem Osten gebacken, aber es war dann doch zu aufwendig. Statt dessen hat sie Familienpackungen Spekulatius und Lebkuchen auf glitzernde Pappteller geleert und hübsch angeordnet. Überall hängen büschelweise Tannengrün, Lametta und kleine, elektrisch blinkende Rentiere, es wird wirklich an nichts gespart, denn an diesem Tag sollen sich alle, auch und gerade die Gäste von draußen, wie zu Hause fühlen und zugleich festlich erhoben. Die Bewohner tragen Kostümchen, frische Frisuren, Lippenstift und allen verfügbaren Schmuck, ein Hauch von Haarspray vermischt sich mit dem harzigen Adventsduft.

Heute stirbt niemand, sagt Frau Sörens, der Tod mag Weihnachten nicht. Unsinn, sagt Gabriele, in jeder Sekunde sterben auf der Welt x Menschen, das hat mit Weihnachten gar nichts zu tun.

Maik hat sich die Haare schneiden lassen und seiner Freundin eine Einladung geschickt, weil

Weihnachtszeit ist und damit sie ihn bei der Arbeit sieht, die er geschickt und kraftvoll verrichtet, ein Anblick, der den meisten Menschen Vertrauen einflößt, vielleicht ja auch ihr. Aber sie hat nichts von sich hören lassen. Unruhig behält er den Eingangsbereich im Blick.

Auch Regina hält sich in der Nähe der Drehtüren auf, die sich immer wieder schmatzend in Gang setzen und Ströme dunkel gekleideter Besucher einlassen, wie ein Staatsakt, denkt Regina, nur die Kinder sind bunt und tragen großes Spielzeug unter dem Arm, gegen die Langeweile. Sie schauen zu dem riesenhaften Adventskranz hoch, der letztes Jahr noch mit echten Wachskerzen bestückt war, aber dann tröpfelte kochendes Wachs in den Nacken einer Besucherin, Haus Ulmen wurde auf Schmerzensgeld verklagt, und seitdem sind echte Kerzen verboten, man weiß sowieso nicht, was die alten Leute damit anstellen. Schon tutet der Posaunenchor aus dem dunkelgrün duftenden Speisesaal, Frau von Kanter ist sicher schon hineingerollt worden, aber Regina hat Ernst seit Malaysia nicht mehr allein gesprochen, eine rasche Umarmung im Gang, eine Zigarette unter den Blicken der Immergleichen, ansonsten war zuviel zu tun, schwer zu sagen, was, Regina hat einen Yogakurs belegt und liebäugelt mit einem Fernstudium in Kunstgeschichte, und Ernst hat ständig seine Tochter zu Besuch. Wenigstens möchte sie ihn kurz anschauen, ob seine Bräune noch hält, ob er die kleine Malaysiaflagge noch am Jackett trägt, ob man ihm die Enttäuschung ansieht.

Macht hoch die Tür, tönt es aus dem Speisesaal, da tritt er durch die Schiebetüren, kleiner als sonst, mit einem Umschlag in der Jackentasche, und sieht sie gleich. Du hast rosige Backen, sagt er sofort und mit ehrlicher Erleichterung, ich freue mich, wenn es dir gutgeht, das ist besser so. Du auch, sagt Regina. Ich meine, ich mich auch. Denkst du noch manchmal daran, fragt Ernst. Regina weiß nicht, was genau er meint, ja, sagt sie, oft. Auf einmal will sie ihre Backen an sein Gesicht pressen, ihn mit aller Kraft umarmen, bis ihre Bäuche sich gegeneinander drücken, sich an seinem Nacken festhalten, die Knie um ihn schlingen, nur einen Augenblick lang.

Die Heimleitung zieht langsam und stolz an ihnen vorüber, gefolgt vom Sekretariat, schon werden die Flügeltüren des Speisesaales geschlossen. Ernst zieht den Umschlag aus der Jacke, die Fotos sind endlich fertig, man könnte sie vergrößern, da kommt schon Frau Halter auf sie zu, darf ich Sie bitten, wir wollen gleich anfangen, und sie

156

werden durch den Segen des Pfarrers hindurch-
gewinkt auf die freien Plätze, die nicht neben-
einanderliegen. Sie drehen sich nacheinander um
und zucken mit den Achseln. Den Professor hat
Ernst noch nicht entdecken können, Frau von
Kanter sitzt gleich hinter Regina und starrt auf
ihren Rücken.

Als es nach dem Gebet still wird, ist außer dem
üblichen leisen Raunen ein scharrendes Geräusch
zu hören, das nicht aufhören will. Guck mal, sagt
eine Fünfjährige mit klarer Stimme, warum setzt
der sich nicht hin. Ernst dreht sich um und sieht
den Professor hastig hinter den letzten Reihen auf
und ab trippeln. Ständig stößt er gegen Handta-
schen, Stuhllehnen, ausgestreckte Beine und mit-
gebrachtes Spielzeug, wird aber nicht langsamer.
Nun hört Ernst auch das Schnaufen.

Während die Heimleitung sich nach vorne be-
gibt und in ihrer Ansprache blättert, dehnt sich die
Stille aus, die nur vom Schnaufen des Professors
unnachgiebig durchstoßen wird. Ernst hebt eine
Hand und versucht, den Blick des Professors in
seine Richtung zu ziehen, aber der Professor hält
den Kopf gesenkt, er sieht nur den Boden direkt
vor seinen Schuhen, den er ablaufen muß. Bis
Ernst sich aus seiner Sitzreihe zwängen kann, hat
die Heimleitung schon mit der Ansprache be-

gonnen, ein Spruch aus dem Kleinen Prinzen, oder ist es Thomas von Aquin, wir sehen nur mit dem Herzen wahrhaftig, und Maik hat sich dem Professor in den Weg gestellt und seinen Schritt aus dem Saal hinaus in die Eingangshalle gelenkt, wo er eilige Kreise zieht, als Ernst zu ihm stößt.

Man kann ihn nicht mehr aufhalten, sagt Maik, es gibt eine Medikation. Wir sollten darüber sprechen. Papa, sagt Ernst, bleib doch stehen. Das hilft nicht, sagt Maik, er hört Sie gar nicht. Natürlich hört er mich, sagt Ernst laut, er ist ja nicht gaga, er muß nur den Schalter umlegen. In den drei Wochen hat er stark abgebaut, sagt Maik. Sind Sie neuerdings sein Hausarzt, ruft Ernst, wer kennt ihn denn besser. Währenddessen hat der Professor sich losgemacht und eilt mit vorgerecktem Hals kreuz und quer durch die Eingangshalle. Als er gegen einen Strauß Tannengrün stößt, rutschen die Glaskugeln von den Zweigen und zerspringen auf dem Boden. Das ist ja auch zu glatt hier, ruft Ernst, er wird sich verletzen, und er läuft dem Professor hinterher, bitte Papa, hör mir doch einen Moment zu. Sie irren hin und her, der Professor weicht ihm aus wie ein geschlagener Hund, auch Ernst fängt schon an zu keuchen.

Schließlich sinken sie beide schnell atmend in die Sessel am Fenster, in denen die Immergleichen tiefe Mulden hinterlassen haben. Ernst schwitzt am Nacken und zwischen den Augenbrauen. Der Professor zupft an seinen Hosenbeinen. Man hat ihm ein Jackett angezogen und ihm sogar ein gebügeltes Taschentuch in die Brusttasche geschoben, er könnte der Gastredner auf einer internationalen Konferenz sein, nur die Haare sind zu wirr. Als Ernst ihm eine Strähne richten will, die feucht vom Schädel absteht, duckt er sich unter seiner Hand weg. Maik lehnt neben dem Speisesaal, die Drehtür im Blick, und schaut zu ihnen herüber.

Ernst lehnt sich nach hinten und schaut auf den Parkplatz. Draußen steht Reginas frischgeputztes Auto. Aus dem Speisesaal schallt Kommet ihr Hirten. Papa, sagt Ernst und schließt die Augen, ich bringe dir Anna zurück. Red keinen Unsinn, sagt der Professor leise. Anna ist seit Jahren unter der Erde.

Als Regina im Strom der Gäste und Bewohner langsam mit Frau von Kanter aus dem Speisesaal kommt, sind die Scherben aufgefegt. Der Professor und Ernst sitzen mit verschränkten Armen und halbgeschlossenen Augen nebeneinander in der Sitzecke. Wie ähnlich sie sich sehen, denkt Regina. Nur mit dem Herzen sieht man wahrhaftig, plappert jemand hinter ihr. Da ist der Mann, der eben so gerannt ist, ruft das Kind, guck mal, Mama. Nicht mit dem Finger zeigen, ermahnt die Mutter, das macht man nicht. Warum nicht, fragt das Kind. Regina beugt sich zu Frau von Kanters Gesicht hinunter, wie hat es dir denn gefallen. Frau von Kanter macht ein knallendes Geräusch mit den Lippen, das Regina zum Lachen bringt, und lachend geht sie durch die Halle auf Ernst und den Professor zu.

Sie ist schön, denkt Ernst, sie hält sich so aufrecht, was hat sie denn bloß. Er holt die Fotos aus der Jacke und winkt mit dem Umschlag. Endlich, ruft Regina, komm Mama, du wolltest doch mal die schwarzen Affen sehen. Habe ich das gesagt, denkt Frau von Kanter, was gehen mich Affen an, von mir aus mit lila Punkten, den Glatzkopf will ich aus der Nähe sehen, der sieht seinem alten Vater aber verflixt ähnlich, in zwanzig, dreißig Jahren landet der auch hier, da würde ich drauf wetten. Habe ich mich eigentlich schon vorgestellt, sagt Ernst da und greift nach Frau von Kanters Hand, ich war der Reisebegleiter, sozusagen, und mit einem fast schelmischen Lächeln blickt er zu Regina hinüber. Im Gegenzug begrüßt Regina den Professor, ich habe schon viel von Ihnen gehört, Herr Professor Sander, in Malaysia hatten wir ja viel Zeit und haben uns über alles mögliche ausgetauscht. Formvollendet, denkt Frau von Kanter nicht ohne Bewunderung, und der Professor sagt erschöpft, Malaysia, ja doch, ich erinnere mich.

Sie beugen sich über die Fotos, Regina mit einem Strohhalm zwischen den Zähnen, Regina aus dem Wasser winkend, das war so warm, fast schon zu warm, nicht wahr Ernst, und von einem schier unglaublichen Blau. Und hier probieren wir gerade die scharfe Soße, danach hat uns noch stundenlang der Rachen gebrannt. Und hier haben wir uns geliebt, sagt Regina und schwenkt ein Foto ihres Zimmers, in der Mitte wie eine Bühne das koloniale Bett. Einen Moment lang sagt niemand etwas. Um sie summt der Adventsnachmittag. Regina sieht, wie Frau von Kanter langsam die Lippen nach oben biegt. Ernst lacht kurz hinter vorgehaltener Hand. Gott ist Liebe, sagt der Professor, und wer in der Liebe bleibt, der bleibt in Gott, und Gott in ihm. 1 Johannes, 4,16.

Überall sind Tische und Sessel zu kleinen Sitzinseln zusammengeschoben, an denen sich die Familien um die Spekulatius scharen. Die Heimleitung zieht grüßend und plaudernd durch die Flure. An der Fotowand sorgt die angeschwollene Frau Halter, die seit dem vierten Monat in den Händen und Füßen mit Wassereinlagerungen zu tun hat und vor kurzem den Tanzkreis aufgeben mußte, für ein ansprechendes Arrangement. Töchter, Patenkinder und Schwiegersöhne haben in Fotoalben und Pappkisten gewühlt und stehen mit Bildern von frischen Mädchen in gestärkten Rökken, lederbehosten Jungen mit ausrasierten Nakken, von Abschlußbällen und Abitursfeiern, Wandergrüppchen und Fahrradtouren Schlange. Einige Soldaten, mehrere frischgebackene Brautleute und zwei Promovierte mit Doktorhüten sind auch dabei.

Ich weiß gar nicht, welche es sein soll, sagt jemand und hält sich ein Foto mit ausgelassenen Backfischen dicht vor die Augen, aber fragen hat keinen Zweck, sie weiß es ja auch nicht. Das bin ich, ruft Herr Mutesius vom zweiten Stock und preßt den Zeigefinger auf einen straffen Burschen mit Rucksack und Wanderstab. Nein, tut mir leid, sagt der zuständige Fotobesitzer, der das Bild gerade mit Hafties an den von Frau Halter zugewiesenen Platz geklebt hat, das ist mein Vater. Herr Mutesius will nicht hören, ich werde ja wohl wissen, wie ich aussehe, sagt er empört, Sie waren da ja noch nicht einmal geboren.

Frau Halter versucht zu schlichten, aber plötzlich brandet an allen Ecken Streit auf, hier ist mein Gretelchen, da hatten wir uns gerade in Italien

162

verlobt, Unsinn, schreit jemand dazwischen, da war doch noch Krieg, da hätten Sie an der Front sein müssen. Jahreszahlen werden gebrüllt, Namen ins Feld geführt, doch, das ist sie, natürlich ist sie das, sie hat Haare wie Kupfer. Hatte.

Was für eine blödsinnige Idee, murmelt Maik, das hat doch keinen Sinn. Schon hebt die Heimleitung die lachsfarbenen Augenbrauen. Frau Halter fuchtelt beschwichtigend mit den Händen, geraten werden soll erst nachher, bittet sie, haben Sie doch einen Moment Geduld, es gibt dann auch Preise. Was denn, fragt Herr Mutesius. Frau Hint, für die niemand etwas mitgebracht hat, nähert sich langsam mit einem Bild von sich als schmalem Teenager und dem Porträt von Herrn Lukan, das sie zwischen seinen wenigen Büchern gefunden hat. Nebeneinander bitte, sagt sie leise zu Frau Halter. Links unten ist noch eine Ecke frei. Froh um die einfache Aufgabe klebt Frau Halter die dünne Fünfzehnjährige direkt neben den frisch rasierten Geschäftsmann. Recht so, fragt sie Frau Hint, die sich mit den Ellbogen auf ihren Gehwagen stützt und die beiden Gesichter anstarrt. Frau Hint schweigt. Gefällt es Ihnen, fragt Frau Halter etwas lauter. Frau Hint saugt an ihren Zähnen und versucht dann zu sprechen, aber auf einmal stehen ihr Tränen in den Augen. Schnell wendet sie den

Gehwagen und schiebt sich durch die krümelnden Familien bis in ihr Zimmer.

Regina und Ernst reichen die Fotos von Malaysia hin und her. Die gelungenen Aufnahmen hält Regina Frau von Kanter vor das Gesicht, auch der Professor atmet wieder ruhig, während Ernst Stollen holt. Allmählich senkt sich eine beinahe friedliche Langeweile über sie, eine Familie, die inmitten des Trubels um den Tisch sitzt und kauend die Urlaubsbilder betrachtet. Das Lächeln hat Frau von Kanters Lippen nicht mehr verlassen, gütig ist es nicht, das wäre übertrieben, aber wohlwollend könnte man es nennen, denkt Regina, jedenfalls weder bitter noch boshaft, ein ungewohnter Anblick, die lächelnde Mutter, die langsam von Ernst zu Regina blickt.

Auch Ernst und Regina werfen sich Blicke zu, um ihre Enttäuschung zu erforschen, die es nicht geben darf. An den Händen ist er noch braun, denkt Regina und erinnert sich, wie diese Hände das Muster der Orangenhaut auf ihren Oberschenkeln nachgezeichnet haben, ohne daß sie vor Scham verging, das ist doch schon viel, denkt sie. Ernst findet Regina verwandelt, ihr Haar ist anders, nicht nur von Michael aufgebauscht, fester und sogar länger, und als ein Stück Stollen zwischen Frau von Kanters Lippen zu einer Wolke aus

Puderzucker zerplatzt, tupft sie ihr das weiße Pulver mit überraschender Behutsamkeit vom Kinn.

An diesem Abend, während Maik in den Gängen die Tannennadeln auffegt, obwohl er längst zu Hause sein könnte, während sich Ernst und Regina in der Beethovenstraße mit der ganzen Kraft der Enttäuschung umklammern, Frau von Kanter sich schläfrig und nicht ohne Stolz über den spät erwachten Körper ihrer Tochter wundert, während Herr Lukan dem Sirren der Außenbeleuchtung lauscht, das durch die Rolladen in sein Zimmer klingt, und Frau Hint nach vier Gläsern Portwein in ihre Hände weint, steht der Professor am Fenster und schaut auf das vernebelte Licht der Laternen. Er spürt, wie im rechten Oberschenkel ein Muskel zuckt, dann auch im linken. Er tritt hin und her, beugt sich auch leicht nach vorne, aber ein dumpfes Brennen in der Lendenwirbelsäule zwingt ihn gleich wieder in den aufrechten Stand. Das Zucken im Oberschenkel wird zu einem regelmäßigen Pochen, als klopfe einer von innen mit der geballten Faust gegen die Haut.

Wir müssen das regeln, sagt der Professor halblaut und lächelt, weil der Satz ihm bekannt vorkommt, wahrscheinlich von Anna. Sie regelt alles für ihn, sie wird auch dafür sorgen, daß er seine Aufzeichnungen beendet und einen angemessenen Verlag findet. Heute ist er nicht sehr weit gekommen, es hat zahlreiche Störungen gegeben. Er ist auch noch nicht an der frischen Luft gewesen, daher kommt das Pochen, das wird Anna nicht gefallen, der Mensch braucht Auslauf. Gleich eilt er zur Garderobe und wirft sich einen leichten Mantel über, geht durch die leere Eingangshalle und hinaus in den Park. Draußen riecht es nach nassem Karton und Räucherfleisch, ein merkwürdiger Geruch, denkt der Professor, es könnte sein, daß jemand diesen Geruch verbreitet hat, um sich einen Scherz zu erlauben, jemand, der ihn nun beobachtet, wie er mit geweiteten Nasenflügeln durch das feuchte Gras läuft, ohne Schuhe, aber das soll ihn nicht kümmern. Er wird sich nicht zum Gespött machen lassen, und der kalte Rasen an den Fußsohlen ist nicht unangenehm, wenn man nur schnell genug geht.

Er sollte den Spaziergang und die abendliche Stille nutzen, um über seine Aufzeichnungen nachzudenken, es hat ihn immer beflügelt, allein in der Natur zu sein, oder mit Anna, die nie dazwischenredet, wenn sie sieht, daß er nachdenkt, mit einem Blick sieht sie es, und dann spitzt sie die Lippen

und schweigt mit diesem verschmitzten Schnäuz-
chen, schiebt nur die Hand unter seinen Ellbogen,
damit er sich nicht verirrt. Er sieht sich nach ihr
um, es wäre gut, sie jetzt neben sich zu haben,
denn er ist sich nicht mehr ganz sicher, ob er noch
auf dem richtigen Weg ist, eigentlich ist es kein
Weg mehr, sondern sehr unebenes Gelände ohne
Beleuchtung, er könnte auch stehenbleiben und
sich umdrehen, aber seine Füße sind starr vor Kälte
und müssen bewegt werden, und der Geruch liegt
noch immer in der Luft. Es könnte sein, daß er in
einen Hinterhalt gelockt werden soll, denn wo
kein Licht mehr ist, kann man sich nicht wehren.

Vor sich hört er ein Rauschen, Meeresbrandung
vielleicht oder starken Verkehr, das läßt sich nicht
auseinanderhalten, wenn man nichts sieht. Er hält
darauf zu, gerät mit den Armen in Dickicht, etwas
schlägt ihm gegen die Wange, Anna, mach bitte
Licht, ruft er, aber Anna hört nicht, und es hilft
nichts, er muß weiter, er zieht den Mantel fester
um sich, der nicht wärmt, aber wenigstens vor den
Schlägen schützt, eine Hand hält er vor das Gesicht, mit der anderen faßt er den Mantel unterm
Kinn, und so wird er am Abend des vierten Ad-
vent um zwanzig vor neun von einem Taxifahrer
am Randstreifen der vierspurigen Innenstadtum-
gehung aufgegriffen, barfuß, mit blutigen Krat-

zern auf Gesicht und Hals, den Sommermantel schief auf den Schultern.

Es klang wie Meeresbrandung, sagt er entschuldigend zu dem Taxifahrer, der ihm erschrocken den Arm um die Schultern legt, ihn auf den Beifahrersitz abklopft und ihm einen Pullover um die blauen Füße wickelt, wohin kann ich Sie denn bringen. Zu meinem Sohn bitte, sagt der Professor, schließt die Augen und lehnt sich schwer in die Rückenlehne.

Ich will zu Opa, sagt Lili, als alle Geschenke ausgepackt sind, ein Hüpfball, eine Sparbüchse, Puppenkleider, aus Angst zuviel zu schenken, hält sich Ernst zurück, aber zu wenig soll es auch nicht sein. Er hat auch Angst vor dem Weihnachtsbaum, der nicht zu groß sein darf, um ihn nicht an die Feste von früher mit der Zweimeter-Tanne im Treppenhaus zu erinnern, und nicht zu klein, um vor Lili Gnade zu finden, und vor dem Essen, nicht Weihnachtsgans, die gibt es bei Lilis Mutter am Heiligabend, und nicht tiefgekühlte Kartoffelpuffer wie letztes Jahr, die riechen nicht gut, hatte Lili geklagt, und innen sind sie noch kalt.

Ich hätte weg sollen, denkt Ernst, wie Regina,

die am ersten Weihnachtstag auf eine Yogafreizeit gefahren ist, ohne sich von ihm zu verabschieden, mit einer zusammengerollten Lammfellmatte, er hat es aus dem Auto gesehen. Er hatte sie abpassen wollen, das Weihnachtsgeschenk für sie lag auf dem Beifahrersitz, eine gerahmte Vergrößerung der krummen Palme in Malaysia. Aber dann kam sie aus dem Haus, und er sah, wie geschickt und zügig sie das Gepäck im Kofferraum verstaute, Vorfreude im Gesicht und diese neue Schönheit, die ihn fernhielt. Sie war im Aufbruch. Das Foto würde er in die Schule mitnehmen, viele hielten in den abschließbaren Schreibtischen Urlaubsfotos versteckt, neben den Klassenbüchern und den Tafelmarkern, es gab auch Talismännchen und Kinderbilder, aber vor allem gerahmte Bilder der Liebsten im Urlaub.

Wir können nicht zu Opa, sagt Ernst, er ist krank. Was hat er denn, fragt Lili, wir bringen ihm Plätzchen, ich kann ihm auch was vorsingen. Sein Kopf ist müde, sagt Ernst, er kann nicht mehr gut denken. Das macht nichts, sagt Lili. Sie springt auf dem Hüpfball einmal durch die Wohnung, die Stöße ihrer Füße lassen die Weingläser in der Küche erzittern. Den Hüpfball nehme ich mit, ruft sie aus dem Schlafzimmer. Auf keinen Fall, seufzt Ernst und sucht den Busfahrplan.

Warum hast du keinen Weihnachtsbaum, fragt Lili den Professor, noch bevor sie ihre Jacke ausgezogen hat. Wie heißt es, sagt der Professor freundlich, kennst du es. Was, fragt Lili und schaut sich suchend um. Lili, warnt Ernst und legt den Mantel über einen Stuhl, wir bleiben gar nicht lange. Sag es mir, meint der Professor, du weißt es doch. Lili, er sucht ein Wort, sagt Ernst, ich weiß nicht welches, es könnte alles sein. Ach so, ich soll raten, ruft Lili und stellt sich dicht neben den Professor, Weihnachten. Christkind. Lametta. Geschenke. Lametta, probiert der Professor. La. Met. Ta. Lametta, Lametta, singt Lili und ist mit einem Satz auf dem Sofa, weißt du, was mir das Papachristkind gebracht hat. Einen dicken gelben Hüpfball, der fliegt so hoch. Sie wirft die Arme in die Luft und springt auf der stöhnenden Federung hin und her.

Der Professor lehnt sich zurück und schaut ihr zu. Vorsicht, Anna, du bist so stürmisch, sagt er. Ernst duckt sich kaum merklich und schüttelt leicht den Kopf. Aber Lili hört gar nicht, sie hüpft und schlägt mit den Armen, und ihre Haare fliegen, und der Professor schüttelt lächelnd den Kopf. Warum kommst du so selten, sagt er. Weißt du, ich muß doch in den Kindergarten, meint Lili, jeden Morgen, da treffe ich meine Freundin, und wir spielen. Ich weiß, sagt der Professor. Inzwischen streift Lili durch das Zimmer, du hast aber viele Stifte, schreibst du denn soviel. Der Professor beginnt nachzudenken, ja schon, ich arbeite an einem, an einem großen, aber Lili redet schon weiter, du mußt mal zu uns kommen, zu Papa meine ich, da ist ein schöner Weihnachtsbaum. Ich kann dir auch mal im Kindergarten Sterne basteln, die kannst du dann hier aufhängen.

Aber Weihnachten ist doch bald vorbei, sagt Ernst. Für nächstes Jahr, ruft Lili und drängt sich an den Professor, da ist doch wieder Weihnachten. Natürlich, Anna, sagt der Professor, er ist es gewohnt, ihr zuzustimmen, sie weiß immer, was zu tun ist, und es ist alles sehr leicht an ihrer Seite. Mein kleiner Westwind, sagt er und kämmt mit den Fingern durch ihre Haare. Lili muß lachen, ich bin der Westwind, ruft sie und dreht sich um sich selbst, immer schneller, bis der Schwindel sie durchs Zimmer taumeln läßt und Ernst die Jacken bereithält. Noch nicht gehen, ruft sie, und der Professor wiederholt es, noch nicht gehen. Noch nicht gehen. Lili ist gleich begeistert bei der Sache, sofort stimmt sie ein und stampft mit dem Fuß den Takt. Noch nicht gehen, dröhnt es in den Gang, als Ernst die Tür öffnet.

Die Leute in der Cafeteria drehen sich belustigt

nach dem Geschrei um und sehen Lili und den Professor, Hand in Hand, mit rot angelaufenen Gesichtern hingebungsvoll auf dem Teppich herumtrampeln. Noch nicht gehen! Das ist ja schön für Herrn Sander, sagt Frau Sörens zu Maik, der gerade den letzten Stollen aufschneidet, ein kleiner Besuch. Frau Hint schüttelt den Kopf, ein Irrenhaus hier, und eilt mit zwei Stück Stollen zurück zu Herrn Lukan. Das Geschrei steigert sich, Lilis Stimme wird schriller, auch der Professor bekommt einen dringlichen Unterton. Ernst reißt an Lilis Hand. Wer kann, dreht sich im Stuhl um. Wir müssen gehen, ruft Ernst, aber Lili klammert sich heulend an der Strickjacke des Professors fest, der sich leicht schwankend im Kreis dreht, inzwischen heiser, und mit den Hausschuhen auf den Boden stampft. Da holt Ernst Luft und schreit, so laut er kann, sonst kommen wir gar nicht mehr! Auf einmal wird es still. Frau Sörens wartet mit erhobenem Kuchenmesser hinter der Theke. Jemand räuspert sich. Dann hört man nur noch das schnelle Atmen des Professors und Lilis Schluchzen.

An Silvester ist Ernst bei Lilis Mutter eingeladen, zum ersten Mal, seit sie keine Familie mehr sind. In der Ecke steht noch der Weihnachtsbaum, etwas schräg in der Halterung und geschmückt mit den Papierengeln, die Lili im Kindergarten gebastelt hat. Meiner ist größer, denkt Ernst und schämt sich gleich für seinen kindischen Stolz. Es gibt Käsefondue, das bitter schmeckt und am Topfboden festbackt. Das Angebrannte ist doch am besten, sagt Lilis Mutter. Sie verliert ihr Brotstück in der zähen Masse. Jetzt mußt du dem Papa einen Kuß geben, jubelt Lili. Lilis Mutter spitzt die Lippen und berührt rasch Ernsts Backe. Warum hast du mich neulich nicht hereingelassen, sagt Ernst. Lilis Mutter schweigt. Und warum hast du mich jetzt eingeladen, fragt er weiter, ausgerechnet zu Silvester. Hast du niemand anderen. Ich dachte, wir könnten auch mal fröhlich zusammensitzen, sagt Lilis Mutter, und etwas Neues beginnen. Wie meinst du das, fragt Ernst.

Mama, Opas Kopf ist müde, ruft Lili dazwischen, die schon die ganze Zeit aufgeregt um Ernst herumgetänzelt ist. Mein Kopf ist auch müde, sagt Ernst und stützt das Kinn auf die Hände. Nicht was du denkst, sagt Lilis Mutter. Er mag Zauberwörter, ruft Lili, Lametta zum Beispiel. La. Met. Ta. Was denke ich denn, sagt Ernst, während Lili sich Lametta vom Weihnachtsbaum zupft und damit um den Tisch springt. Kannst du nicht mal sitzen bleiben, fährt Lilis Mutter sie an. Laß sie doch, sagt Ernst, heute ist ein besonderer Abend. Das sagst du so, sagt Lilis Mutter, aber ich habe sie jeden Abend, verstehst du, ich will wenigstens ein einziges Mal in Ruhe einfach nur dasitzen, und sie verstummt. Beide sitzen schweigend um das Fondue. Von draußen hören sie einzelne Heuler und Schußgeräusche. Es ist schwierig ohne Vater, sagt Lilis Mutter. Ich bin doch da, sagt Ernst leise und schließt die Augen. Als er wieder hochschaut, ist das Fondue abgeräumt, und Lili trommelt auf sein Knie, Papa, wir raten die Zukunft. Lilis Mutter hat eine Schale mit Wasser aufgebaut, kleine Figuren aus Blei und eine Kerze bereitgestellt. Ich will selber, sagt Lili. Wie war es in Malaysia, fragt Lilis Mutter. Ich möchte nicht darüber sprechen, sagt Ernst. Schweigend halten sie das Blei über die Flamme, bis die Figuren zusammensacken und eine kleine silbrige Pfütze im Löffel schimmert. Jetzt, ruft Lilis Mutter. Lili ist so vorsichtig, daß ihr Blei tropfenweise ins Wasser rinnt und zu festen Perlen erstarrt, die sie gleich herausfischt und hin und her wendet. Deine Zukunft ist voller Schätze, sagt Lilis Mutter, jetzt bin ich dran. Sie gießt einen filigranen Schnörkel mit feinen Verästelungen.

Armreif, rät Lili, Krone. Du bist eine Königin!
Dann stürzt Ernst seinen Löffel in die Schüssel,
ohne hinzuschauen, und holt ein zerfasertes, viel-
armiges Gebilde aus dem Wasser. Sie beugen sich
darüber. Krake, sagt Lili. Fallschirm. Spinne. Genau, Spinne! Und was heißt das für meine Zukunft, fragt Ernst.

Regina spürt die Sitzknochen, die sich in ihr
weinrotes Kissen bohren. Jeder hat am Anfang der
Woche ein Yogakissen zugeteilt bekommen, son-
nenblumengelbe, grünliche und weinrote. Regina hätte lieber ein gelbes gehabt, aber Beschwerden sind nicht vorgesehen, man nickt sich zu
und geht leise durch die holzverkleideten Räume,
und bei den Übungen hört man die gurgelnden
Mägen der anderen. Schämen muß sich aber niemand, hat Karl, der Lehrer, gesagt, es geht nur
darum, den Augenblick zu empfangen. Sie sitzen
im Kreis, in die Mitte hat Karl einen blühenden
Forsythienzweig gestellt. Der Mann neben Regina schnauft durch verklebte Nasenlöcher, viele
sind erkältet um diese Jahreszeit, und trotzdem
versuchen sie alle, sich nicht zu schämen. Regina
spürt, wie ihre Hände warm werden, wie sie in

ihre Oberschenkel hineinsinkt, und sie spürt auch eine feine Übelkeit, die seit Weihnachten jeden Morgen von der Speiseröhre in ihren Mundraum hochsteigt und sich im Lauf des Tages in ihr ausbreitet.

Zuerst dachte sie, das käme von dem Heringssalat, den sie Frau von Kanter zum Heiligabend mitgebracht hat, mit Gürkchen und gewürfelten Äpfeln, das zumindest hat sie ihr zu Weihnachten doch gönnen wollen, aber Frau von Kanter hat, als sie den Deckel von der Tupperdose gebogen hat, nur die Augen schmal gemacht und aus dem Fenster geschaut. Überhaupt hat sie ständig auf das Vogelhäuschen gestarrt oder auf Reginas schwarze Weihnachtsbluse, Regina weiß, daß ihr Schwarz nicht steht, und sie mußte viel reden und alles allein aufessen. Seitdem ist ihr schlecht, ein fischiges Völlegefühl hängt ihr in der Kehle, schlimm ist es nicht, aber schwer zu vertreiben, nur wenn sie ißt, legt es sich eine Weile, aber im Yogahaus gibt es nur drei Mahlzeiten am Tag und nichts zwischendurch.

Sie essen zusammen und trinken viel lauwarmes Wasser und reden ein wenig, der Lehrer Karl setzt sich gern neben Regina und schält eine Mandarine für sie, aber schon der Obstgeruch läßt in Reginas Hals saure Spucke hochsteigen, sie atmet tief und ist froh, daß Karl kaum Fragen stellt, er kaut sehr langsam und schaut auf seine Finger, die mit einem weißlichen Belag verklebt sind, und läßt sie in Ruhe. Einmal hat er im Waschraum, den sich alle teilen, genau zugesehen, wie Regina am Bekken ihre Brüste gewaschen hat, sie hat sich vorgebeugt und die herabhängenden Brustsäckchen, die wund in ihrer Haut pochten, mit einer Hand gestützt und vorsichtig mit warmem Wasser abgetupft, geholfen hat es nicht. Karl sah zu, und sie schämte sich nicht, sie überlegte sogar, ob sie sich zu ihm umdrehen sollte, aber das Wasser rann ihr von den Brüsten, die sich schmerzhaft in den warmen Lappen dehnten, sie hatte ihr Handtuch vergessen, und als Karl ihr sein Frotteetuch um die Schultern legte, war sie froh, den Stoff um sich zu haben.

Am Silvesterabend geht sie, während die anderen still um den Forsythienzweig beten, vor das Haus und versucht, Ernst zu erreichen. Ihre angeschwollenen Brüste stoßen von innen gegen die Jacke, es ist ein merkwürdiger neuer Schmerz, der sie aber nicht gleich an das Schlimmste denken lassen soll, meinte Karl, als sie in der Morgenrunde davon berichtet hat. Auch andere haben Schmerzen, sind schief und krumm, Rücken, Miniskus, das fängt eben jetzt an, sagte eine, es kommt nur darauf an, wie du mit deinen Grenzen arbeitest.

Regina drückt das Handy auf ihre Ohrmuschel, weil sich über ihr eine Wolke von Krähen hebt und senkt und ein lautes Schnarren in der Luft liegt. Es riecht nach Kälte und verbranntem Holz. Die Krähenwolke steht über der Talsenke. Nach vier Versuchen steckt Regina das Handy weg, geht langsam zurück ins Haus und setzt sich zu den anderen auf ihre Lammfellmatte. Sie legt die Hände vor der Brust zusammen, schließt die Augen und wartet.

In Haus Ulmen wird nach der Anstrengung der Weihnachtstage Silvester in der Regel wenig beachtet. Verwandte kommen nicht. Eine verhaltene Wehmut liegt in den Gängen. Die Immergleichen nicken sich zu, man muß das verstehen, schließlich brauchen die Kinder ihr eigenes Leben, an Silvester wird kräftig gefeiert, was sollen sie denn da bei uns alten Leuten. Manche wollen früh ins Bett, dieses Geballere, der Hund hat sich immer ganz dünn gemacht, unter dem Sofa hat er geschlottert. Also wir haben ja alles für Brot für die Welt gespendet, nur Wunderkerzen gab es, die Kinder haben damit im Dunkeln getanzt. Glühende Kreise gezogen. Und Käsefondue. Nein, Fleisch. Also bei uns nicht. Ganz ruhig alles. Mir ist das recht so. Also wir haben schon ein bißchen auf die Pauke gehauen, ein paar Freunde, Paul hat in die Tasten gegriffen, das fehlt mir ja, das eigene Klavier, ein gutes Sauter war es, die Kinder hatten alle Unterricht, bis sie gemeutert haben, zwingen soll man sie ja nicht.

In der Eingangshalle wird ein neuer Kalender befestigt, gleich unter der großen Uhr, zum Beweis, daß die Zeit vergeht, und beim Abendessen werden mit den besten Wünschen der Heimleitung Piccolos verteilt. Frau von Kanter ist auf eigenen Wunsch festlich gekleidet, ich weiß nicht, was das soll, murrt Gabriele, als ob man nichts anderes zu tun hätte, Seidenstrümpfe, Lippenstift, die ganze Ladung, Stunden dauert das, und gleich wird sie zum Ball abgeholt, oder was. Frau von Kanter schaut auf ihren Piccolo und versucht, die Goldgehänge zu berühren, die die Ohrläppchen zum Pulsieren bringen, Gabriele hat die Stecher durch eine feine Hautschicht schieben müssen, weil die Löcher zugewachsen waren, irgendwann hat sie die Geduld verloren und durchgestochen, du hast es ja gewollt, Madame. In der Mitte der Bewegung gehen Frau von Kanter die Kräfte aus, und sie läßt die Hand langsam wieder sinken.

Ein Gefühl von Vergeblichkeit schwillt an und beginnt, die stolze Gewohnheit von Jahrzehnten anzufressen. Regina will meine Kleider verschenken, denkt sie, und sie zwingt sich, den Blick schweifen zu lassen, wer weiß, wie es in der Beethovenstraße aussieht, vielleicht hat sie schon alles verramscht, obwohl sie ja noch nie besonders geschäftstüchtig war. Um sie herum beugen sich nickende, langsam kauende Gestalten über ihre Teller, besser als die sehe ich doch allemal aus, die schwarze Bluse darf mir keiner wegnehmen. Sie sieht Regina vor sich, der schwarz nicht steht, bleich und aufgedunsen macht es sie, gelegentlich mußte ihr das auch gesagt werden, weil sie wenig Sinn für Farbe hat, und plötzlich wünscht sie sich ihre Tochter an den Tisch, möchte ihr ins Gesicht schauen, das neu belebte und gestraffte Gesicht, Yoga und dieser schmächtige Professorensohn, wie heißt er gleich, du meine Güte. Vielleicht sogar ihre Hand nehmen. Eisern hält Frau von Kanter den Blick auf das Etikett des Piccolos gerichtet, bis die Buchstaben ineinanderschmelzen. Maik schiebt den Rollwagen mit dem Kamillentee vorbei und sieht das erstarrte Gesicht. Er bremst ab, macht eine halbe Verbeugung und sagt ohne Spott, Frau von Kanter, Sie sehen wunderbar aus.

Frau Hint und Herr Lukan nehmen das Abendbrot wie gewöhnlich im Zimmer, Silvester hin oder her, das ist doch gemütlicher, oder, sagt Frau Hint zu Herrn Lukan, was sollen wir in dem Getümmel, und sie schiebt Herrn Lukan winzige Käsebrotwürfel zwischen die Lippen und schaut zu, wie seine Zunge das Brot an den Gaumen drückt und in seiner Kehle ungeheuerliche Schlinggeräusche brodeln. Heute schmeckt es Ihnen aber! Herr Lukan weitet die Augen, er schmeckt Käse und Spucke und treibt langsam in Frau Hints vertrauter Stimme auf und ab. Ich laß Sie doch nicht hier alleine sitzen, sagt Frau Hint wie jeden Abend, auch jeden Morgen und Mittag, sie ist kaum noch in ihrem eigenen Zimmer, Gabriele hat aufgeben müssen, na dann soll sie doch neben ihm versauern, wenn es ihr Spaß macht.

Aber Frau Hint versauert nicht, und Spaß macht es ihr auch nicht, es ist nur einfach unausweichlich geworden, in Herrn Lukans weiches breites Gesicht zu schauen, hinter den langsamen Augen nach etwas zu spähen, das nur ihr gilt, und sich, wenn es dunkel wird, seine warme schlaffe Hand auf das Bein zu legen, aber dazu braucht Frau Hint einen kleinen Schluck oder zwei. Der erste durchzittert sie, und der zweite spült sie Herrn Lukans Hand entgegen, und später gibt das eine samtige Müdigkeit, sie redet einfach weiter, leise, in Herrn Lukans Ohr, und lehnt den Kopf an die Nackenlehne seines Rollstuhls. Wenn sie so einschläft, drückt sich eine tiefe Rille in ihre Stirn.

Manchmal bringt Maik schweigend Nachschub, stellt ihr eine Flasche Sherry neben den Sessel, sie hat nicht gefragt, woher er ihre Marke kennt, sie redet nicht mehr viel mit Maik und auch mit niemand anderem, es ist nicht mehr nötig. Sie reden ja gar nicht mehr mit mir, hat Maik neulich schmollend zu ihr gesagt, da hatte sie schon ein paar Schluck hinter sich und saß mit Herrn Lukan in der Dämmerung und nickte nur so freundlich, wie sie konnte, damit Maik merkte, daß sie ihm nicht böse war.

Heute hat er ein oder zwei Piccolo gebracht, sie hat sich noch Herrn Lukans dazugenommen und ihm auch ein Tröpfchen in die Schnabeltasse gefüllt, das ihm einen krachenden Schluckauf verpaßt hat. Herr Lukan schluckt und hickst, jedesmal schleudert es seine Schultern nach vorne und reißt ihm die Beine hoch, und sie lachen ein bißchen, jedenfalls Frau Hint lacht und hebt ihr Glas in die Luft, auf unser Neues Jahr.

Auch der Professor erhebt sein Glas. Er ist aufgestanden, hat sich die Krümel abgeklopft und schlägt nun mit dem Teelöffel gegen den Sektkelch, bis das Murmeln und Husten und Scharren abklingt und nur noch die Schwerhörigen unbeirrt vor sich hin reden. Überrascht streckt Frau Sörens den Kopf aus der Durchreiche. Maik wartet im Hintergrund. Zur Jahreswende, sagt der Professor mit fester, lauter Stimme, zur Jahreswende möchte ich ein paar Worte sagen. Was soll das, ich will weiteressen, murrt Herr Mutesius aus dem zweiten Stock, aber er wird niedergezischt.

Das vergangene Jahr war gezeichnet von, sagt der Professor, von einigen Entwicklungen, oder sollte ich sagen, Verstörungen, die uns immer wieder umworben haben. Er stockt und bedenkt die letzten Worte, schüttelt unwillig den Kopf und schaut in den Saal. Ich lebe sonst sehr zurückgezogen, sagt er, aber ich möchte diese Stunde nutzen, um Ihnen allen zu sagen, daß es ohne Sie nicht gegangen wäre. An einem der hinteren Tische klirrt ein Messer. Sogar die Schwerhörigen sind verstummt. Vor allem danke ich meiner Frau Lili, sagt der Professor leise, ich sehe sie gerade nicht. Sicher hält sie sich, wie wir das von ihr gewohnt sind, bescheiden im Hintergrund. Ohne sie wäre ich nichts. Er setzt sich und stellt den Sektkelch neben die Butter. Niemand sagt etwas. Die Stille pulsiert über den Tischen.

Da hebt Maik die Hände und fängt kräftig an zu klatschen. Einige stimmen zaghaft ein, der Applaus schwillt an, jemand ruft bravo, ein anderer Prost Neujahr, und schließlich trampeln alle, die noch können, mit den Füßen, bis ein beinahe

stürmischer Jubel aus dem Speisesaal in die Eingangshalle strömt, in den Gängen widerhallt, in
die Krankenzimmer sickert, wo die Pflegefälle ihre
Köpfe drehen, und sich allmählich im Jaulen der
Raketen verliert.

PIPER

Annette Pehnt

Mobbing

Roman. 176 Seiten. Gebunden

Er gab sich kämpferisch, warf den Briefumschlag auf den Küchentisch. Und mit einem merkwürdigen Ausdruck der Erleichterung fügte Joachim hinzu, sie haben es geschafft. Entlassen hatten sie ihn, fristlos. Was sie gegen ihn vorbrachten, war gelogen. Sagte er. Seine Frau wusste nicht mehr, was stimmte. Denn Feinde, Gespenster, Verschwörungen gehörten seit vier Jahren zu ihrem Leben. Jetzt mussten sie wenigstens nicht mehr über seine Arbeit reden, jetzt hatte er keine Arbeit mehr. Längst aber ging es um etwas ganz anderes, es ging um ihn selbst, für wen ihn die anderen hielten. Und außer den Kindern, die sich freuten, dass er nun so oft zu Hause war, stellte er jedem die eine Frage: wer auf seiner Seite stand und wer nicht.

In der Verbindung aus Anteilnahme und literarischer Distanz gelingt Annette Pehnt ein glänzender Roman, der von Macht und Ausgrenzung in der Arbeitswelt erzählt und behutsam und klug seine großen Themen Vertrauen, Achtung und Würde ins Alltägliche einzubetten versteht.

01/1644/01/R

Annette Pehnt
Ich muß los
Roman. 125 Seiten. Serie Piper

»Dorst schob seinen Einkaufs-
wagen von hinten sachte in El-
ners Hüfte. Elner drehte sich
um, in der Hand eine frostige
Spinatpackung. Ach nein, sagte
sie und ließ den Spinat sinken.
Der spanische Sekt ist im Son-
derangebot, sagte Dorst, legte
den Kopf schräg und wartete.«
Unergründlich und scheu ist er,
der Held in Annette Pehnts
kraftvollem erstem Roman. Er
läuft in den schwarzen Anzü-
gen seines toten Vaters herum,
erzählt als selbsternannter Rei-
seführer von Limonadebrun-
nen und Honigfrauen. Seine
Phantasie ist grenzenlos, die
Nähe zu anderen nicht. Vor allem nicht die zu seiner Mutter
und ihrem neuen Freund. Erst
als Dorst die junge Elner trifft,
scheinen seine Zurückhaltung
und seine Rastlosigkeit ein
Ende zu finden. Lakonie und
leiser Humor vereinen sich in
Annette Pehnts Roman zu einer
traurig-schönen Geschichte
über einen jungen Mann und
seine Verbindung zur Welt.

Annette Pehnt
Insel 34
Roman. 192 Seiten. Serie Piper

»Ich habe nie so getan, als ob
ich die Insel kenne, und ich bin
die einzige, die wirklich hinfah-
ren wollte.« Die Inseln vor der
Küste sind numeriert, und niemand ist jemals auf der Insel
Vierunddreißig gewesen – nur
die eigenwillige Ich-Erzählerin
in Annette Pehnts zweitem Roman verspürt ihren rätselhaften
Sog. Selbst Zanka, der nach Vanille und Zigaretten riecht und
sie in die Liebe einweist, kann
sie nicht von der Suche nach
ihrem Sehnsuchtsort abhalten.
Endlich möchte sie das Leben
spüren ...

»Die bezaubernd schillernde
Geschichte einer Heranwach-
senden, die ihren Sehnsuchtsort
findet.«
Die Zeit

05/1511/01/L.
05/1856/01/R

Annette Pehnt

Herr Jakobi und die Dinge des Lebens

96 Seiten mit 46 zweifarbigen Illustrationen von Jutta Bauer.
Serie Piper

Er backt sein Brot selbst und schiebt nachts sein Fahrrad spazieren. Er liebt den Regen, aber seinen grellgrünen Schirm, den braucht er nicht. Und beim Rudern stören ihn höchstens die Ruder: Der kleine Herr Jakobi nähert sich den Dingen des Lebens auf seine Art. Charmant und eigenwillig illustriert von Jutta Bauer, erzählen die achtundzwanzig unvergeßlichen Episoden eines einfallsreichen Kauzes in Wirklichkeit von unserem Leben – und machen uns heiter und nachdenklich zugleich.

»In dem von Jutta Bauer wunderbar illustrierten Band von Annette Pehnt begegnen wir einem liebenswerten Einzelgänger, den man sofort ins Herz schließt.«
Neue Presse

Jakob Hein

Antrag auf ständige Ausreise

Mythen der DDR. 160 Seiten mit 30 Illustrationen von Atak.
Serie Piper

Erich Honecker wollte seine sozialistische Heimat in Richtung Westen verlassen und soll dazu einen förmlichen Ausreiseantrag gestellt haben? Im legendären Transitabkommen hat es eine teuflische Geheimklausel gegeben, nach der die DDR westdeutsche Kinder bei Verlassen der Transitautobahn automatisch zur Adoption freigeben durfte? Die Geschichte der Deutsche Demokratischen Republik steckt voller unglaublicher Geschichten – die unerhörtesten davon versammelt der Schriftsteller und gebürtige Leipziger Jakob Hein in diesem Buch!

»Das ist ein Schreiben, das auf der Achse Robert Gernhardt, Eckhard Henscheid, Max Goldt liegt.«
Tagesanzeiger

SERIE PIPER

Jakob Hein

Vielleicht ist es sogar schön

176 Seiten. Serie Piper

Hätte er die Zeit gehabt nachzudenken, Jakob Hein hätte seiner Mutter nur diesen Satz gesagt: »Stirb nicht, es ist doch viel zu früh.« Er hat es nicht getan. Über die Erinnerung an sie und die gemeinsamen Erlebnisse stellt er noch einmal die alte Nähe zu ihr her. »Vielleicht ist es sogar schön« ist klug, wütend und tröstlich zugleich. Jakob Hein erzählt die Geschichte eines langsamen Abschiedes und verbindet die literarische Erinnerung an seine Mutter mit dem Porträt einer außergewöhnlichen Familie.

»Immer berührend, nie pathetisch, immer würdig, nie weihevoll.«
Stern

Jakob Hein

Herr Jensen steigt aus

Roman. 144 Seiten. Serie Piper

Ist es die hohe Kunst des Nichtstuns, die Herrn Jensen treibt, oder verfolgt er nicht doch einen geheimen Plan? Als Briefträger schiebt er tagtäglich beinah liebevoll Post in die Schlitze der Kästen. Eines Tages freigestellt, verläßt er seine Wohnung immer seltener. – Nicht das Alltägliche, nicht der Wahnsinn interessieren Jakob Hein, es ist der schmale Grat dazwischen. Seine kurze Geschichte von Herrn Jensen lotet mit großer Konsequenz die Tragik eines wunderlichen Lebens ebenso aus wie dessen unerhörte Komik.

»Ein wunderbares Buch. Das müssen Sie lesen!«
Hape Kerkeling in »Lesen!«

05/1893/01/L   05/2152/01/R

Maarten 't Hart

Die Sonnenuhr

Roman. Aus dem Niederländischen von Marianne Holberg. 336 Seiten. Serie Piper

Leonie Kuyper führt ein bescheidenes Leben als Übersetzerin – bis ihre beste Freundin Roos, die Laborantin mit den knallroten, superlangen Fingernägeln, an einem Sonnenstich stirbt. Roos hat sie zur Alleinerbin bestimmt, allerdings unter einer Bedingung: Daß sie für die drei geliebten Katzen sorgt und in ihr Appartment zieht! Als Leonie sich auf diesen Deal einläßt, entdeckt sie nach und nach verwirrende Geheimnisse im Leben ihrer Freundin. Maarten 't Hart, der große Erzähler und Meister witziger Dialoge, hat einen komischen und höchst spannenden Roman geschrieben.

»Maarten 't Hart, ein wunderbar altmodischer Erzähler, offenbart in diesem Krimibubenstück lustvoll seine komödiantische Seite.«
Der Spiegel

Thommie Bayer

Der Himmel fängt über dem Boden an

Roman. 256 Seiten. Serie Piper

Wieder einmal hat Urs seinen Job verloren. Doch nun packt er seine Koffer und fährt nach Freiburg zu seiner Schwester Irene, die gerade eine Buchhandlung aufmachen will. Sie kann seine Unterstützung gut gebrauchen, und Urs beschließt zu bleiben. Er hilft im Laden, erkundet die Musikszene und macht neue Bekanntschaften. Doch die Beziehungen und Verhältnisse sind nicht gerade einfach: Irene ist gar nicht seine wirkliche Schwester, und dann taucht auch noch die rätselhafte Marie auf, die Irene und Urs gleichermaßen in ihren Bann schlägt. Zwischen den dreien entspinnt sich eine Liebesgeschichte, so zärtlich und leicht wie der Sommer, der am besten niemals enden sollte ...
Brigitte

05/2042/01/L   05/1976/01/R